奥歯を噛みしめる

詩がうまれるとき

キム・ソヨン

姜信子：監訳

奥歯翻訳委員会：訳

かたばみ書房

This book is published with the support of
the Literature Translation Institute of Korea (LTI Korea).

すべてを語らずとも伝わってくるものが、
わたしたちには確かに積み重なっていた。

目次

凡例

・＊は原著者の註であり、（　）は翻訳者の註である。
・引用中の文章は、翻訳者が韓国語版から訳出した。
ただし邦訳を引用した場合には、その書誌情報を記した。

日本の読者へ

『奥歯を噛みしめる』を執筆しようと心に決めたとき、わたしはアルツハイマー病の母の傍らにいた。母の介護をしなければならず、一緒にいないわけにはいかなかったのだが、一緒にいるのは想像を越えることだった。母ゆえに生じるさまざまな感情にわたしが陥没してしまわないように、母について書こうと思った。母に話しかけ、母が生きてきた歴史を聞き、わたしの知らなかった母を発見したかった。わたしに大変な思いをさせる母ではなく、わたしが愛する母に、わたしが変えたかったたからだった。母の幼いころについて、母の母について、何度質問しても母の返答は短かった。語りたくないかのように。それでももっと努力してみようと決意した矢先に、母は老人ホームに入ることになり、新型コロナが私たちを引き離し、感染状況がピークを迎えて老人ホームも病院も封鎖されていた短い間に、母は老人ホームで亡くなった。

二〇一二年に出版した散文集『人《シオッ》の世界』（未邦訳、マウムサンチェク）でわたしは初めて母の話を書いた。「誕生日《センイル》」というタイトルだ。この話をわたしは次のように締めくくっている。「今の母はことばを失った口をきけない人のように、黙々とご飯を作り洗濯物を干し、菩提樹の木の下の仏陀のように、熱心に連続もののテレビドラマを見ては眠るおばあさんになった。幸か不幸か、こんな母を理解できるだけの年齢になった娘には、母こそが赤ん坊のように思えた。今夜、母をわたしの子として産もう。」

このころから、わたしは母の娘ではなく、母の母として生きてきた。散文で、詩で、頻繁に母の話を書いた。耐えぬくための手段のひとつでもあったけれど、書いて初めてわかることがあるからでもあった。永遠にわかりえない部分が残っているとはいえ、わたしが書いた母の話を読んで、多くの「娘」たちが共感し、自身の話を打ち明けてくれた。妹、後輩、弟子、さらには先輩、先生までも……彼らの話が厚く重なって深い友情が生まれつつあったころ、母は徐々に子どもになってゆき、生まれたばかりの赤ん坊のような状態で死を迎えた。長女のわたしのことがとにかく好きで、とにかく疲れさせた母だったけれど、わたしの人生においていちばん避けたいのに避けられない人だったけれど、母について書くうちに、心の中の傷跡を、もう「傷」だとは思わなくなった。痛みが消えていったということだ。わたしの魂の奥深くにある引き出しを開け、捨てるものを捨て、そのましまっておくものはしまって、ほこりを払い、ふたたび引き出しを閉めるように。真っ黒で大きな影を落とす傷が、まっすぐに向き合えば向き合うほど、見つめれば見つめるほど、書き記せば書き記すほど、正午の影のように小さくなっていくように。

『奥歯を噛みしめる』は、当初の計画どおりには書けなかった散文集だ。思っていたとおりに書ける本など、どのみちこの世にはないのだと、わたしはいとも簡単に本来の計画をひっくり返した。その代わりに、多様な観点からわたしの「生」について書くことができた。より広く見渡せるようになったのだ。人間の一生には、耐えねばならない時期がどうしたってあるのだということを、より広い視野で眺めわたして書くことができた。振り返ってみれば、本書は母がわたしに残してくれた贈り物のようだ。詩人である娘は、母から受けた傷から、母の傷まで、すべてを詩に書き、責任を全うした。母が目を閉じ、深い眠りについたかのような顔でその生涯を全うしたように。傷を抱いて生きてゆく人々の傍らで彼らの話を傾聴する詩人として生きるわたしの力は、母によってもたらされていたことを、わたしはあまりにも遅くに知った。

あなたも、わたしの話をとおして、自身の話ができるようになりますように。傷のない明るい顔ではなく、傷を耐えぬいた明るい顔で生きてゆけますように。どうか、この世のすべての「娘」の物語が色とりどりに集まり、寒さに震える者の体を包みこむ大きなパッチワーク布団になりますように。

二〇二三年秋

仁川《インチョン》にて　キム・ソヨン

はじめに

母はわたしと同じくらい音痴だった。わたしと同じくらい歌うことを嫌った。父が〈友を想う〉[1]のような歌を一小節ずつ、一つ一つ、子どもたちに教えているときも、にっこり笑いながらただ見ているだけだった。いつだったか、母がカセットテープを一つ買ってきた。カセットプレーヤーの前にぴたっと張りついて、歌の練習をずっとしていた。歌詞の書かれた紙を一枚、両手でしっかりと持って。何十回も、巻き戻しては再生、また巻き戻しては再生をくりかえしながら。ヒョウ柄のベルベットのソファに陽ざしを浴びながら座っている母のそばに行き、わたしもその歌を一緒に歌った。

母と一緒にデュエットして覚えた〈顔〉[2]という歌は、母が唯一歌える十八番となった。わたしは母とよくこの歌を歌った。とりわけ、母と手をつないで市場に一緒に行くときに。何年か前、この歌の歌詞が思い出せないと、母がわたしに紙を一枚差し出した。わたしは大きな字で読みやすく歌詞を書いてあげた。そして、幼かったころそうしていたように、母と会うたび、一緒に歌おうよ、と言っては歌詞の書かれた紙を広げ、二人して覗き込みながら一緒に歌った。

母の付き添いで病院へ行った日のことだった。車の中で想い出を語っていた母が、話すのをやめて静かにこの歌を歌いだした。そのときわたしは携帯の録音ボタンを押して、母の話を録音していた。おのずと母の歌も録音された。録音中だったので、そのときだけは一緒に歌わなかった。ただじっと聞いていた。「丸く丸く」と歌うあたりから母は今にも泣きそうになり、声を詰まらせながら最後まで歌った。こうして母の涙声もまた録音された。母が亡くなり、母の痕跡をあちこちで不意に見つけてつらい気持ちになっていたある日、この録音ファイルがあることを思い出した。探し出して聴きはじめた。あの日は雨が降っていたので、車のワイパーの音にウィンカーの音までがBGMのように流れてくる。「丸く丸く」の歌詞に入る直前で、わたしはストップボタンを押した。もっとずっと後になってから、いつかまた聴こう。そう思った。

ここに集められた数々の言葉は、何もできないと感じていた時間の中で書いたものだ。何かを守るために、ひとところにずっとうずくまっていた。しばしばうんざりして、すぐにぐちゃぐちゃになった。それでもわたしが守ろうとしてきたことを猛烈に守りたいと思った。バランスをとるためにしょっちゅう奥歯を噛みしめた。何もできなかった時間は、歯をくいしばり、いつにもまして一生懸命に生きた時間だったことが、ここに集められた文章を書くうちに分かってきた。耐える心が慈しむ心に変わりゆくことが分かった、とでも言おうか。遥か彼方にあるとしか思えなかった回復が、すぐそこに到着していたことも今は分かる。回復を渇望していた起伏のある時間を、この本の目次に余すところなく収めたかった。疲れた顔で寝入っても、うららかな朝が迎えられるように。晴れている、ただそれだけで疎外感を感じる日もあれば、ただ晴れているだけで感謝の気持ちが生まれる日もあるように。振り返ってみると、よくぞここまでやってきたと、少し嬉しくもある。このような儚い喜びが見知らぬあなたの背中にもすっと染みこんでいきますように。この本がどうかあなたをうしろからそっと抱きしめる、そんな気配となりますように。

キム・ソヨン

二〇二二年六月

（1）〈友を想う〉一九二五年　作詞：李殷相　作曲：朴泰俊
春の交響楽が響き渡る／青羅の丘の上百合咲くころに／わたしは白百合の香りを嗅ぎながら／君のために歌う／青羅の丘のようなわたしの心に／百合のようなわたしの友よ／あなたがわたしの中に花咲くころには／悲しみはすべて消える（一番のみの歌詞）
（2）〈顔〉一九六七年　作詞：シム・ボンソク　作曲：シン・ギボク
丸を描こうとして思わず描いた顔／心のままに咲いた白いあのときの夢を／草の葉に広がった露のように輝いていた瞳／丸く丸くぐるぐると回る顔／丸を描こうとして思わず描いた顔／虹に沿って登っていった五色の空の下／雲の中を蝶のように飛んでいた過ぎし日／丸く丸くぐるぐると回る顔

1

母を終えた母

わたしは母がずっと嫌いだった。母は、わたしが幼いころからわたしを搾取する人で、兄よりも一歩下がっているようにと執拗に促す抑圧の主体だった。わたしは自慢の娘でいなければならないが、兄よりも誇らしい存在になってはいけなかった。とても狭い領域の中を適切に立ちまわる術を、わたしは早くに身につけた。母は生涯、わたしに対して、「申し訳ない」と「申し訳なく思うほどでもない」の間を往復していた。それをわたしにわざわざすべて話して、なんとしても理解してもらおうとしていた。母の告白をわたしはほぼ冗談として笑ってやりすごし、ごくまれにあからさまに怒りを表した。そのたびに、母はとても気味の悪いものをまじまじと見るような顔つきになった。

今ではもう母を嫌いではない。和解をしたわけでもない。許したわけでもない。自然とそうなった。アルツハイマーの症状が出はじめ、母は誰かの母として生きていた時間をほとんど忘れてしまった。母の記憶の中には父と兄だけが残った。兄は二十五年前に死んでいるのに、母の記憶の中でだけは、いい子で優しく元気に生きていた。二人の娘に対しては、残っている感情からさえも目を背けているように見えた。うしろめたさゆえのようでもあったし、大切な記憶を共有したことが、あまりにもなさすぎるからのようでもあった。そのころから、わたしも母への長年の感情を忘れ去ることにした。母は母を終えた人のように存在しているのに、わたしひとりが母を母として記憶しているのは、不公平のような気がしたからだ。どのみち母に関するわたしの思い出は、ほとんど母を憎悪している場面ばかりなのだ。憎悪する心は、成長期のわたしにはいくらかは役立った。おかげで、わたしはわたしの思うままにわたしになっていくことができた。愛着から出発した憎悪という言い訳があったから、罪悪感もそれほどなかった。罪悪感に苛まれない程度においてのみ、憎悪していようということでもあった。母との思い出を、実際には傷を、忘れようと決心したら、なんとか忘れられた。

母は、わたしが週に一、二回訪問する介護士であるかのように接した。礼儀正しく距離を置いた。長く一緒にいるよりは、さっさとまとめて身のまわりの世話をしてもらいたい、そして、休みたいから、もう帰りなさいと言う。急き立てるように、わたしが玄関で靴を履くのを背後に立って待つ。テレビのリモコンが言うことを聞かないとか、炊飯器の使い方を急に忘れてしまったとか、財布や通帳、住民登録証(1)のようなものを、どこに置いたのかどうしても探し出せないとか、ひとりで解決できないことが起こらないかぎり、ひとりでいたがった。

父からわたしが譲り受けたものは、ドイツ製の百二十色の色鉛筆と金洙暎《キムスヨン》(2)の全集、聖書、日記帳三冊、五十年間使ってきた銀のスプーン、幻灯機、象牙の麻雀牌だ。父は引っ越しのたびに、一つ、また一つと荷物を捨てて減らしていったすえに、亡くなったその年にわたしに譲ってくれたのだった。一方、母から譲り受けたものは、ホームパーティー用の食器セットとグラス各種。ほったらかしてあった骨董品ばかり。数年前、置き場所に困ってわたしに保管を頼んできたのだ。かび臭い段ボール箱に入れっぱなしだったものを取り出したその日、わたしは大きな鍋いっぱいに湯を沸かし、一つ一つ沸き立つ湯の中に入れて消毒した。ホームパーティー用の食器は、母の嫁入り道具だ。「このかわいい子たちは、あなたよりも年上なのよ」という言葉を四歳のころから聞かされてきた。あまりにも大きくて、重かった。

母はわたしをじっと見つめて、さらに上から下まで舐めるように見ることもあった。その瞬間が、なによりもいやだった。あの眼《め》の前にいるだけで泣きだしそうだった。わたしの隠しごとがすべて見えてしまいそうで、外でわたしが会った人や過ごした時間や経験したことが母にみな見透かされてしまいそうで、わたしが何を考えているのかすべて知られてしまいそうで、母をどれほど嫌っているかばれてしまいそうで、いやだった。丸裸にされている感じだった。屈辱的だった。だから、わたしは母の表情をあまり見なかった。九歳をすぎてからは、母の表情をちゃんと見ることはなくなった。父が亡くなってようやく、わたしは母の表情を少しずつ見るようになったのだ。まず後ろ姿を、次に横顔を見て、最後にほんの少しだけ目をまっすぐに見たりもした。寂しいのか、気だるいのか、気分はいいのか、具合は悪くないのか。わたしがそばにいても、母はテレビを見たり、鉢植えの観葉植物の葉に霧吹きで水をふきかけながら独り言を言ったりしていた。この子たちはこうしてあげるだけでつやつやするの、わたしが世話した植物はみんな艶めくの、と。

母が老人ホームに入居してから、わたしには口実がなくなった。「どうせなら母に一日でも多く会いに行く」と言って、旅行の誘いを断る口実。急に母の具合が悪くなったから、いま母が警察で保護されているから、母が迷子になって見つからないから、病院に母を連れて行かなければならないから。会いたくない人たちに会わないという選択を可能にした口実。母のおかげで、母を除いた他の人たちとは十分に断絶された時間を、わたしは過ごすことができていた。ひとりきりの時間を確保するのにうってつけだった口実が、今はなくなってしまった。わたしはもう、母のためにいかなる努力をしなくてもいいのだ。時間を割かなくてもいい。慌てて母のもとへ駆けつけなくてもいい。長かった母の介護が終わったことだけでも、このうえなく気が楽になった。それで、母への恨みもすっかり忘れられたのだろうか。

　老人ホームに入居する前日の夜、わたしは初めて母の家で母と一緒に眠った。余分な布団はなかったから、ソファで眠った。母は布のかばん一つに、トイレットペーパーと家族写真と植木鉢一つとボールペン一本をすでに入れていた。わたしは持参したスーツケースに、新しい下着と寝間着と室内履きとストローを挿せるコップを詰めた。母が好んで歌っていた歌の歌詞を紙に書いて、母にプレゼントした。パティ・キム[3]が歌っていた〈秋を残して行った愛[4]〉と朴麟姫《パクインヒ》[5]が歌っていた〈顔[6]〉。母とわたしはその夜、この二曲を一緒に歌った。自分の生年月日も家の住所も覚えていない人が、四十歳以降の自分の人生をほとんど覚えていない人が、昔歌っていた歌を歌えるということが嘘のように美しかった。

母について、いまでは、わたしは嘘みたいにもう何も思わない。ときどき恋しいと思う。自分が母の何を恋しがっているのか自問すると、その何かは空っぽの感じがする。空っぽな恋しさとはどういうものなのか、わたしはよく知っている。ただひたすらに恋しいだけだ。そんな恋しさを母に感じたことがなかったから、そんなこともあるんだなぁ、と思う。

母はよく夢に出てきた。あるときは、わたしは幼く、母はまだ若かった。またあるときは、母が亡くなったという知らせを聞いた。母がマスクをせずに路地の真ん中に立っていた。相変わらず腰が曲がっていて、相変わらずおどおどした顔つきだった。わたしはその姿を見て、パンデミックが終わったんだなと思った。夢から覚めると、わたしは母が入居した空間について想像した。屋上のほかは外に出られず、親切でよく笑う介護士たちに囲まれていて、母の部屋の窓からは近くの野山が見えることは知っていた。部屋の空気や匂いはどうなのか、トイレや浴室はどういう造りなのか、どんな枕を使って、どんな布団を掛けているのか、食事の味はどうなのか、わたしは知りたかったが、知ることはできなかった。

入居してから、母は通帳の残高を心配しなくてもよくなった。もう家事をしなくてもよかった。医療用歩行器と老眼鏡とうちわ、朝晩に看護師がくれる飲み薬、パンツと靴下がいくつか。母に残された最後の物だ。これだけで母は暮らしていた。母がいなくなった母の家を片づけながら、わたしは母の持ち物を整理した。新型コロナが落ち着き、外出が許されたら、きっと母が着たがるだろう衣類を季節ごとに。靴も二足。それをしまった箱は、まだわたしのタンスの中に入っている。食事の世話をしてくれる人、掃除をしてくれる人、入浴させてくれる人のいる老人ホームの日々を、母は幸せだと言った。あらゆる記憶を辿っても、母が幸せだと言ったのを、わたしは聞いたことがないように思う。母が言う幸せについて、わたしは簡単には同意できなかったが、ぼんやりとは分かるような気がした。

ここはいいよ。
ここはいいの？
よくしてくれるのよ。
よくしてくれるの？
ごはんもおいしいのよ。
ごはんもおいしいの？
あなたもここで暮らしなさいよ。

いつかそうするね。

幸せになるために母がしてきた試みを、わたしは心の中でずっと小馬鹿にしていた。母は努力して手に入れたものを簡単に失った。守れなかった。そうして自暴自棄になり、自分の人生を放棄して生きてきた。母が頼りにしていた人たちがみんないなくなって、わたしが母の面倒を見ることにした。一方で、母をお荷物扱いした。母の面倒を見ていると、突発的な事態にしばしば直面し、困惑し、慌てふためき、やがて心が折れる。そんなことにだんだんと疲れていった。わたしが跡形もなく消え去ってしまう日が、遠からずやって来そうだった。終わりのない労働のようだった。わたしは、病気の人に病気の人として接しなかった。無能でも無害だった父と、なにかにつけて比較した。同じ無能でも母の無能は有害だったと確信していた。

わたしは母を見て学んだのだ。どんなに小さなものであれ、それを失わないためには、常にこぶしをぎゅっと握りしめ、守る努力をしなければならないのだと。守ろうとする感覚を大事にして生きてきた。ようやく手に入れることができたもの、きっと手に入れたかったものを守りぬくことで、母のようには生きまいと努力してきた。面会に行くと、母はガラス越しに座ってわたしを待っていた。わたしが視界に入った瞬間、母は泣きはじめた。わたしが懸命に笑って冗談を言うと、やっと泣きやんで笑った。母は母を終えてわたしの子どもになり、ガラスの向こうに座っていた。

(1) 住民登録証　韓国の住民登録法に基づいて発行される本人確認証明書。韓国では、生まれた子どもの出生申告をした時点で、その子の住民登録番号が発番され、満十七歳になると、必ず申請して住民登録証を発行しなくてはならない。カードの形状で、銀行や税務関係、医療の保険証や診察券などの情報も紐づけされる。

(2) 金珠暎（一九二一―一九六八）　詩人。一九四一年、日本の東京商科大学（現在の一橋大学）の専門部に入学するも、徴兵を逃れるために帰国。植民地支配からの解放後、米軍の通訳などを経て、一九五六年以降は詩作と翻訳に専念した。創作活動は、一九四五年に文芸誌『藝術部落』に「廟庭のうた」を発表したのが始まり。その後、金璟麟（キム・ギョンニン）・朴虎煥（パク・インファン）・林虎權（イム・ホグォン）・梁炳植（ヤン・ビョンシク）らと共に詩集『新しい都市と市民の合唱』（一九四九年）を刊行し、モダニストとして脚光を浴びた。

(3) パティ・キム（一九三八―）　本名は金惠子（キム・ヘジャ）。韓国の女性ポップス歌手の先駆者といわれている。活動期間は一九五九年から二〇一三年。韓国内のみならず、日本、東南アジア、アメリカなどでも活動した。日本では一九六九年に「サランハヌン・マリア（いとしのマリア）」がヒット。一九八九年第四十回NHK紅白歌合戦に出場し「離別（イビョル）」を歌った。

（4）〈秋を残していった愛〉一九八三年　作詞・作曲：朴椿石
秋を残して去った愛／冬はまだ遠いのに／愛するほど深くなっていく悲しみに／涙は香しい夢なのか／あなたの涙を思い出すたびに／記憶に残っている夢は／目を閉じるとあふれんばかりの星になり／暗い夜空に流れていく／ああ、あなたの横で眠りにつきたい／翼をたたんだ渡り鳥のように／涙で書かれたその手紙は／涙でもう一度消します／わたしの胸に春はまだ遠いけど／わたしの愛の花になりたい／ああ、あなたの横で眠りにつきたい／翼をたたんだ渡り鳥のように／涙で書かれたその手紙は／涙でもう一度消します／わたしの胸に春はまだ遠いけど／わたしの愛の花になりたい

（5）朴麟姫（一九四五―）　歌手。一九七〇年代に活躍。ニックネームは「歌う詩人」。一九七〇年、大学在学中に混声フォークデュオ「トワエモワ」のメンバーとして「約束」でデビュー。一九七二年からソロで活動。日本で一九六八年―一九七三年に活動したトワ・エ・モワではない。

（6）〈顔〉　十八頁訳注（2）参照。

2

口があるということ

果物を食べるときは、ナイフを入れるのが好きだ。とくにメロンやマンゴーを食べやすく一口サイズに切るのが好きだ。果汁でべたべたの手も好きだし、果物ナイフがスーッと入っていく感じも好きだ。皿に盛って、ソファに座って、映画を観ながら一つずつ食べていく時間が好きだ。果物ひとかけらを口に入れ、甘い果汁がひろがっていく口の中の空間を感じるのが、このうえなく好きだ。

スプーンが口の中を出たり入ったりするときに、歯に当たる音もまた好きだ。スープや熱い汁物をよそって飲むときの感じが、とくに好きだ。箸を使うときには手に快楽、スプーンを使うときには大きく開けた口に快楽、そんな感じがする。スプーンいっぱいの液体を口に入れると、幼いころにシロップの解熱剤をスプーンで飲ませてくれた母がなぜだか目の前にいるようで、すぐにでも回復しそうな気がする。

　食べるためではなく、遊ぶために料理をすることがある。主にのり巻き《キンパ》やおいなりさんをこしらえる。ときには餃子《マンドゥ》も作る。遠足に行くような気分になるからでもあるが、その手の料理を作っていると、ままごとをしているようで楽しい。フィンガーフード。口に入れやすいように開発された食べ物。一口サイズの小さな食べ物をこしらえて、ままごと気分になるたびに、労働と遊びのちがいについて考える。わたしのやっていることのうち、何が労働で何が遊びなのか。わたしは毎日どれだけの遊びをしているのか。遊びの比重が多い日は、いくら歩いても、どんなに立っていても、その疲れはなぜに甘美なのか。のり巻きのようなものをこしらえた日は、洗いものが山のようになっていても、何がそんなに楽しいのか。お皿いっぱいに載せて、口を大きく開けて、ほおばる瞬間。歯医者に行くか、あくびをするときを除けば、おそらくそんなに口を大きく開けることはないだろう。フィンガーフード作りが心底好きな理由は、口を大きく開けて食べ物をほおばる行為のためなのかもしれない。

　アンコールワットを見たくてシェムリアップを旅したときのこと。今でこそなんでもよく食べるが、そのころは好き嫌いが激しくて食べられないものが多かった。少し変わった香辛料、普段とは異なる衛生状態に適応できず、毎回食堂で食べ残していた。アンコールワットの石像群の中でもとくに目を引いたのは、口を開けた石像だった。口の中に誰かが紙幣をお供えしていて、なおのこと気になった。花や米のときもあった。口を開けていたほとんどの石像にお供え物が入れられていた。空っぽのままの口はなかった。

そのころは「食べる口」についてしきりに思いをめぐらせていた。思いはいつも母にたどりついた。母はともに老いていく娘をつねに心配していた。ご飯はちゃんと食べているのか。時間がきたらご飯を食べないといけない。三食きちんと食べなさい。なんでそんなにやせているのか。いいものをしっかり食べて、どんなにふっくらしても、母はいつも同じことばかり言っていた。

父は自分のスプーンで食事をした。食卓を囲んで、父がさっとスプーンを持って、スープに浸して、最初の一口を飲むのをみんなは今か今かと待っている。大好物のおかずが食卓に並んでいても、どんなにお腹が空いていても、そうしなければならなかった。父には父の銀のスプーンがあり、父のご飯茶碗があり、父の汁茶碗があった。母とわたしたちはステンレスのスプーン、竹製のスプーンなどを適当に使っていた。持ち主が決まっていないばらばらの食器を父以外の家族は共有していた。

父のスプーンだけは別に洗った。布巾に歯磨き粉をつけて磨く前に、藁に真っ黒な炭をつけてこすった。乾いた布巾でピカピカに拭きあげて、食器棚にしまった。毎日毎日ピカピカに磨かれて、大切にしまわれていた父の持ち物は他にもあった。カメラがそう。靴もそうだった。狩猟用の猟銃も、ただひたすらピカピカに磨くためにだけ、ときどき物入れから取り出された。スプーンを除くほとんどすべての父の持ち物を、父はみずからそうやってピカピカに磨いた。そのピカピカのものたちがいつ使われるのか、それが気になって、しゃがみこんで父の手の動きを見ていたものだ。

「ほら、お父さんのスプーンに穴が開いたよ」

ある夏の日、母がわたしを呼んで、父のスプーンを見せてくれた。母が嫁入り道具に持ってきて、五十年以上もの間、父の手に握られてご飯を担当していた、ただひとつのスプーン。父の遺品を前もって分けてもらうかのように、わたしはそれを受け取り、お気に入りの木製オルゴールの横に置いて、よく眺めていた。父から正式に譲り受けた品物が、生涯父の口の中を出入りしていた穴の開いたスプーンであることが嬉しかった。

今日は布切れに歯磨き粉をつけて、スプーンをピカピカに磨きながらふと考えた。父みずから磨いていたあの多くの品物は、みんなどこに行ったのだろうか。引っ越しのたびに一つまた一つと捨てて、どうにかこのスプーン一本だけが残ったのではなかろうか。ただ本当に妙だったのは、家族の誰ひとりとして、父に新しいスプーンを贈ろうとは考えなかったことだ。新しいスプーンとともに新たな人生を始めるには遅すぎた、という事実を黙々と受け入れて、父はようやく他の家族のようにどんなスプーンでも食事をし、余生を送った。

いつのころからか、わたしはよくわかめスープを作るようになった。アサリのむき身をたっぷり入れて、一度にたくさん作った。カレーもよく作った。ジャガイモと玉ねぎと人参とブロッコリーをざっくりと切って、大きな鍋いっぱいにカレーを煮込む。弱火でじっくりと、わかめスープやカレーを煮込む。そして母のところに持っていくのだ。母が口を大きく開けてわたしの手料理を口にするのを見ながら、わたしはいつの間にか娘に接するような口調になっていた。あまりにも年を取った母と、母とともに老いていく長女は、互いをおおいに憐れんだ。そしてわたしは、自分の手料理を母が食べる時間が、そんなふうに関係が入れ替わるときが、わたしたちにも訪れたということを今さらながらつくづくと思って、あんぐりと開いた口がふさがらぬまま、母を見つめていた。

慶《キョンジュ》州市千軍洞《チョングンドン》の敵産家屋(1)

わずかに開いたドアから中を覗きこんだ。部屋の真ん中に折りたたみ椅子が一つ、ぽつんと置かれている。窓を通り抜けてきた光が床一面に広がり、壁際の箪笥《パンダジ》(2)の上には、きちんと畳まれた布団が一組置かれている。わたしは兄に言われるままに折りたたみ椅子に座った。兄はわたしの首に風呂敷を巻いた。首の後ろでゆっくりと結び目を作った。それから、髪にくしを入れた。わたしの髪を梳いてくれた。はさみの音が聞こえた。ジョキ、ジョキン、髪が切られていく。わたしの心は上の空。ただ兄が何をしているのか見たかった。頭を動かすな、と兄が言う。じっとしていなければだめだ、と言う。もう少しの間、ジョキ、ジョキンという音を聞くうちに、ハッとした。いつも母がやってくれるみたいに髪を切っているのだ。兄はわたしに声をひそめて話した。簡単にまとめると、幼稚園で床屋について教わったということだった。床屋ごっこをしたかったらしい。家に帰ったら、二人の妹のうち一人を捕まえて床屋ごっこをするんだと、固く心に決めていたようだ。帰宅した兄が幼稚園バッグを床に放り出すやいなや、瞬く間に繰り広げられた出来事だった。

床屋の客の役をすることに、とくに拒否感はなかった。鏡を覗きこむまでは。ごっこ遊びが終わり、兄の表情を見たときに、すぐに鏡を見なければ、と気づいた。兄は鏡を見せまいと遮った。このとき初めて知ったのだった。守りに入った心では、突破しようという心から湧き出る力にはけっして勝てないということを。力の強い兄を押しのけて鏡を見た。鏡の中にガタガタの髪型をした一人の子ども。この事態はわたしにとって絶好のチャンスだということが、動物的な勘で分かった。もっと悔しそうに、もっと悲しそうに、わんわんと声をあげて泣きながら、縁側に腰かけて母の帰りを待った。

わたしが客になり、むしり取られるように髪を切られたその場所に、兄はひざまずいていた。裁きの場へ引きずり出された罪人の姿だ。ポタンポタンと大粒の涙も流している。母と父は兄に向かって激怒していた。わたしは父の懐に抱かれて、兄の姿を正面から眺め、吟味した。安心、安泰で、威厳のある上座に座るのは、おそらく生まれてからこのかた味わったことがない経験だったはずだ。三人兄妹の誰かがひどく怒られたときに、一緒にびくびくして、一緒に震えた数々の経験とは大ちがいだ。わたしは怯えなど微塵もない顔をして、兄が罰を受けている姿に快楽を味わっていた。兄は五歳、わたしは四歳だった。

その日から何日かは、兄から手厚い待遇を受けた。手厚い待遇を受けるとはいっても、町内の子どもたちとチャンバラごっこをする兄が、プラスチック製の刀を腰に差して出陣するときに、刀の鞘を手に持たせてくれるぐらいだった。とはいえ、わたしに対する礼遇が非常に発展したケースであったので、威風堂々と兄の後ろをついていった。兄は、お医者さんごっこで患者役ばかりだったわたしに医者役を譲り、聴診器を首にかけてもくれたし、戦争ごっこをするときにはおもちゃの手榴弾を投げさせてくれた。兄が自分から看護兵の役を引き受けることもあった。ほんの数日だけ、そんなふうに権力を握って過ごした。

慶州郊外の山の上の集落で、牧場の娘として過ごした幼年期の始まりも始まりの光景、もっとも鮮やかな場面のひとつだ。当時の白黒写真の中のわたしは、いつも母のハンカチを頭に巻いている。薄汚れた田舎の子どもの顔に頭巾までして、まるでチビッ子山賊みたいな姿だが、表情だけは満足そうだった。引っ張りだしてきたアルバムを家族みんなで囲んで見るたびに、誰かが頭にハンカチを巻いたチビッ子山賊を人差し指でつんと指差して、「ご機嫌だな」と言って、ハハハと笑うほどに。

ソウルに行ってきた母が、わたしの目の前で人形を、ほらっ、と揺らして見せた。青い目に金髪。横たわらせると目を閉じる人形といつでもどこでも一緒の子が、ある日わたしの人形を指さして、横にしたら寝なきゃいけないのに、目が開いているから怖い、と文句をつけてきたことがあった。わたしの人形は横になって寝るんじゃなくて、考えごとをしているんだととってつけたような反論をしてみたものの、その子が人形を横たわらせると自然と目を閉じる姿に、羨ましさを隠しきれなかった。欲しいとまでは口にしなかった、なのに、センス溢れる母は、わたしが流行に遅れるのではないかと、目を閉じる人形を買ってきてくれたのだ。

わたしには人形が目を閉じる瞬間が不思議で、人形を連れて学校に行くとか、隣の家に遊びに行くといった設定ではなく、重い病に罹っていつも横たわっているというごっこ遊びに突入した。子犬のぬいぐるみがお見舞いに来ると、青い目で金髪の子は体を起こし、しばらく座ってからまた横になり、クマのぬいぐるみがお見舞いに来ると、また体を起こし、しばらく座ってから横になった。子犬やクマのぬいぐるみを操ってお見舞いに来る役は、兄と妹の担当だ。兄か妹のどちらかはよく覚えていないが、誰かがわたしの人形の眼が少し怖いと言った。青い瞳が恐怖映画の主人公みたいだと言うのだ。言われてみると、わたしも怖くなった。兄が、人形の目玉を黒く塗ってみたらどうかと勧めてきた。すでに手には黒のボールペンが握られている。目玉が黒じゃないとうちの家族にはなれないと、わたしを説き伏せた。子犬やクマのぬいぐるみの目玉を指でツンツンと突きながら、実例さえ示してきた。

兄は親指でボールペンのノックをカチっと押した。注意深く青色を黒色に塗りはじめる。ついに黒い瞳ができあがったが、縁の部分の仕上げがなかなかうまくいかない。瞳がどんどんと大きくなる。白目がどんどん消えていく。怖さでいったら、青い瞳だったときよりも、ずっと怖い。恐怖映画の主人公のような顔が、恨《ハン》に満ちた李氏朝鮮時代の幽霊の姿へと変わり果ててしまった。体を起こす瞬間にすっと目を開ける、その姿にいちばんゾッとした。

人形ではない化け物を抱いて歩く身の上になって何日か過ごすうちに、妹とわたしはこの現実を改善したくなった。妹は、この人形に瞼が開いたり閉じたりする特徴があるのを利用して、瞼を閉じてあげたらどうかと提案してきた。孝女・沈清《シムチョン》(3)も童話の主人公だけど目を閉じているじゃないか、と説得してきた。わたしたちは兄のご指導ご鞭撻をたまわって、黒い瞳の上にボンドを一滴落とした。しばらくの間、瞼がくっつくのを待った。目のまわりに広がったボンドを拭おうとして、指先がたいへんなことになった。やや離れた場所でおもちゃのトラックで一人遊んでいた兄が、わたしたちに向かって叫んだ。童話の中で突然目がパチンと開いて見えるようになる人物は沈清ではなく、沈清の父親・沈奉事《シムボンサ》だという事実を、そのときになって教えてきたのだ。「バカなやつら……！」と言って舌打ちした。妹とわたしはしばらく顔を見合わせると、兄のトラックめがけて体ごと突撃した。

（1）敵産家屋　日本が植民地支配していた時代に建築された日本風の木造家屋の蔑称。戦後、庶民に安く払い下げられた。
（2）パンダジ　朝鮮の伝統家具の一種で、箪笥の正面が半分（パン）だけ開閉できるようになっているため、この名がついている。衣類などを入れて使用した。
（3）沈清　パンソリや古典小説の『沈清伝』の主人公。沈清は盲目の父親・沈奉事の視力回復の願掛けのために身を売り、人身御供として海へ身を投げる。ところが、道教の最高神である玉皇上帝によってその孝心が認められ、人間界に送り返され、王妃となる。父に会いたい沈清は、盲人を集めて宴を開き、無事に再会を果たす。父は娘に会えた嬉しさのあまり目が開き、見えるようになる。「奉事」は盲人の意。

振り返らせる

1.

亡くなって四十年近くなる母方の祖母が、時折夢に出てくる。夢の中で祖母は少しばかり距離を置いたところにいて、後ろ姿だけを見せてくれる。わたしはそれを当然のように見ているのだが、不意に気がつく。ああ……おばあちゃんだ……。その瞬間、夢の中だと気づいて目が覚める。夢で祖母に逢うと、いいことがある。実際にものすごくいいことが起きるというより、わたしが勝手にそう決めている。ひとつ屋根の下で暮らした家族が夢に出てくるたびに、そう思うことにしている。そうすれば、いきなり目が覚めてしまったときに、その懐かしい気持ちを少しでも長く純粋な心で享受することができるから。昨日も何年かぶりに夢で祖母に逢った。やはり何も言えぬままに夢から覚めた。祖母はほんの少し暗いところにいて、ほんの少し日の当たるところにいる。午後四時くらいの日差しの中に座っているようでもある。銀色に光る髪に端麗に挿してある銀のかんざしで、祖母だと分かる。

祖母が座っている場所はいつも、幼いころ暮らしていた家の縁側だ。そこから庭に咲いている花を眺めている。季節はいつも五月ごろ。祖母のことを思いつつ、わたしの一日がはじまる。祖母の声が想い起こされ、祖母がいつも聞かせてくれた楽しい話の記憶もよみがえる。幼かったわたしは、祖母の面白おかしい芝居がかった話にすっかり入りこんで夢中になった。温かいコーヒーを淹れて、カップを両手で包み、祖母のいたあの場所の季節が酷寒の冬ではなくて、五月頃であることに安心する。そこで誰かを、どうしようもなく虚しく待ちつづけているのではないことを願いもする。祖母は、どこかにある祖母の居場所で何ごともなく平穏に暮らしていて、時折あの家に立ち寄っているのでありますように、と。そのたびに、わたしの夢にちょっとだけ現れるのだったらいいのに、と。家族の中で祖母と夢で逢うのはわたしだけだ。家族はみな、祖母の銀のかんざしをわたしが祖母の形見として大切にしているからだろうと考えている。

幼いころ、わたしは祖母と同じ部屋を使っていた。祖母が腕枕をしてくれれば、その胸に抱かれて眠った。祖母は忙しい母の代わりに、いつもわたしのそばにいてくれた。運動会のときも、遠くまで遠足に行くときも、祖母がわたしのそばで一緒に写真に写っていた。祖母の好きだった食べ物も、祖母の匂いも、祖母のやや腰の曲がった姿勢も鮮明に覚えているのに、わたしは祖母の名前を知らない。今まで生きてきて、ただの一度も祖母の名前に思いをはせたことがなかったか、かつて名前を教えてもらったはずなのに覚えていないか、二つに一つだろう。名前が分からないから、夢で逢っても呼ぶことができなかったのだろうか。それで、一度も目を合わせられずに夢から覚めてしまうのだろうか。

ユン・ダンビ監督の映画『夏時間』(原題『姉弟の夏の夜』二〇二一年)の中で、庭の植物に水をやるお爺さんに「おじいちゃん」とトンジュが呼びかけると、お爺さんがぱっと明るく笑う。二人がつかのま見つめ合って笑う場面を観ていると、隣に住んでいる家族を垣根越しに覗き見ているような感覚になった。あの場面を映画の中に入れずにはいられなかった監督の気持ちが、分かるような気がした。こんな形で理解というものがわたしに訪れるとき、わたしはもうちょっと自分を好きになる。努力して得られる理解より、すっと心に響いて息づく理解。どんな経験を掘り起こし、どんな理解に息を吹き込みたいかを、いまさらながらじっと考える。わたしにできるのは、祖母から受けた愛を宿しつづけることだけ。思えば、祖母に関して知っていることは、あまりにも少ない。その人についてほとんど知らないのにもかかわらず、愛された記憶は鮮明だということが信じられない。わたしがよりどころとしているのは、祖母という存在ではなく、わたしの記憶なのかもしれない。祖母の名前だけでも知りたい。

2.

お母さん、おばあちゃんの名前を覚えている？
キム・インスン。あなたはおばあちゃんのことを覚えているの？
うん、覚えてる。今のお母さんは、わたしの記憶の中のおばあちゃんとそっくり。
そう？　わたしには、今のあなたが、あのときのわたしにそっくりに見えるけど。
わたしのほうがずっときれいなのに？
いいえ、わたしもきれいだったわよ。
おばあちゃんがわたしのこと、すごく可愛がってくれたのよ。
それがわかっているのねぇ。
もちろん、わかる。

トッポッキとおでんを食べたいという母と、お店に入って向かいあって腰をおろし、ついにわたしは祖母の名前を知ることができた。次に夢に祖母が現れたら、現れてまた後ろ姿で向こうのほうに座っていたら、大きな声で呼んでみなくちゃ。「キム・インスン！」わたしが呼んだら、きっと振り返って、顔を見せてくれるだろう。

歩いてそこへ行く

「ちょっと休んでいこう」

一緒に歩いている人から、かならず一度は言われる。わたしはとめどなく歩くのが好きで、とめどなく歩いているうちに歩いていることも忘れてしまうのが好きで、歩いているのを忘れてしまうから休みたいという気持ちも忘れてしまう、そんな無我の境地で歩くのが好きだ。どんなに歩いても疲れを感じないが、疲れていないわけではない。気づいていないだけ。一緒に歩いている人に、半歩うしろから袖を引っ張られ「休もう」と言われて、疲れを忘れていることに気づく。幸いにして休むのにちょうどいい岩やベンチが見つかって、そこに行って座る。

三人で屋久島の森を歩いているときもそうだった。森のあの特有の湿度の中にいるのがわたしは好き。三人のうちひとりは、樹や樹の陰に棲息している色とりどりの緑を見ながら学ぶように歩くのが好きで、しょっちゅう立ち止まっては腰をかがめてカメラのレンズを向け、うつくしい葉を写真に収めようとする。少しゆっくりにはなるものの、わたしは歩きつづけて、皮膚に触れる湿度にただただ満足している。何度も休んでいこうという言葉を聞いた。そのたびに、しまった！　と少しばかり申し訳なく思い、ベンチに座った。

フィリピンのサマル島で、エメラルドグリーンの海を泳ぎ、完全なる休養を終えて帰国する前日、マニラの巨大なショッピングモールを歩きまわったときもそうだった。グローバルブランドの店より、初めて知るローカルブランドの店を見つけて、長く愛用できそうな物を記念品として買うのが好きなわたしは、歩きまわるその時間がひたすら楽しかった。わたしを待っているものがきっとどこかに隠れているという期待があるから、疲労など感じるはずもなかった。一緒に買い物をしていた友人が、腕をのばしてオープンカフェを指差し、お茶でもして休もうと声をかけてきたとき、サンダルを履いた自分の足が痛くなっていることにはじめて気づいた。冷たい飲み物とスイーツを注文して、空いている席に腰をおろす。疲労がじんわりと滲み出ている友人の顔がそこにあった。

バンコクで家を借り、長く滞在していたときもそうだった。都合をつけて何日間かバンコクまで遊びに来てくれた友人と一緒に、いろいろなところを歩きまわった。タクシーもトゥクトゥクもすぐにつかまるし、地下鉄もよく整備されている都市であり、歩いて移動するにはとても暑い都市なのだが、友人を連れてかなり歩きまわった。目的地へと交通手段を利用したなら遭遇しなかった偶然の経験を、友人も喜んでくれた。偶然に発見した本屋、偶然に発見した露天商、偶然に発見したセレクトショップを覗きこむ楽しさに、わざわざ一本一本の路地を縫うように移動した。友人はただの一度も、休んでいこうと言わなかった。わたしは、わたしと似た種族だと単純に考えていたか、そんなことすら考えずに、ひたすら歩きまわることに酔いしれていたのだろう。突然、歌が聞こえてきた。力強い声で、なにかの歌のサビがいきなり聞こえてきたのだ。わたしはそれに続くフレーズを口ずさんでいた。それは反射的なもので、しばらく歌ってから、歌を歌いはじめたのは友人だったことに気がついたのだった。わたしたちは一緒に歌った。お互いの顔を見ながら、微笑みながら、しばらく一緒に歌った。

友人と過ごした数日間、何回かそんなふうに歩きながら一緒に歌った。いつも友人が先に歌いはじめた。そんなことが何度か続くうちに、わたしは友人がなぜ歌うのか、おおよそ見当がついた。

「今、疲れてるでしょ?」

友人に訊いてみた。どうして分かったのかと、友人は言った。

「少し休んでいこうか?」

わたしが先に声をかけると、自分が疲れていることがどうして分かったのかと、友人は目を丸くした。道端の階段の踊り場に座って、わたしと友人は疲労と歌の関連性について語りあった。友人は、疲れているときに休もうとは思わず、自分でも気づかぬうちに労働歌のように歌を口ずさむ癖があることを初めて知った、と言った。疲労を自分では認知できない共通の習性についても、しばらくのあいだ語りあった。わたしたちを疲れさせるあらゆる局面についても。体は疲れるものの、旅先で歩くことによってもたらされる甘美な悦びについても。

初めて足を踏み入れた路地の踊り場に座り、友人と語りあった日の夜、となりのベッドで背を向けて死んだように眠る友人の後ろ姿を見ながら、あとできっと詩に書こうと思ってメモをした。その日、家への帰り道で煌々と輝く満月を見て「わあ、満月だ!」と同時に言い、同時に笑った瞬間が、しきりに思い出されるからだった。

少しちがうこと

列車の音を聞きに行った。友人が引越し先として目星をつけている家は線路沿いなのだが、その騒音がどの程度なのか実際にそこに行って確かめたいというので、ついていった。日が暮れるころ、道端に立って列車が通るのを待った。町の人たちが犬の散歩をしていた。一面にコスモスが咲き乱れる小道を歩いてみた。列車が通りすぎた。心配していたとおり、ものすごい音を立てて通りすぎていった。友人はその家をあっさり諦めて、他の部屋を探すことにした。わたしたちはしばらくその町を散策しながら、列車にまつわる記憶をたどって昔話に花を咲かせた。初めて列車に乗ったときのこと、列車に乗り遅れたときのこと、列車の中で生まれた不思議な縁、列車が登場する映画についてまで、思いつくまま気の向くままに。町の風景にも目を向けて語りあった。この町には野良猫がたくさんいるね。そんな話がまた別の話を呼び、微笑を誘い、爆笑を巻き起こした。

家に帰る途中、友人からメールがきた。あの家に引っ越そうと思うんだけど、どう思うかと。列車の音は明らかに欠点だったけど、あの町にはもう思い出ができてしまったようだと。残像が目に焼きついて諦めきれない、あの町でならもっと優しい気持ちで穏やかに日々を暮らしていけそう。そう書かれていた。わたしは思いとどまらせようとメールを書きかけて、消した。友人の決定を後押しする内容に変えて、返事を送った。あの町の空気と雰囲気は、わたしにとっても心地よい残像となって頭から離れなかったからだ。よきイメージを残した町なら、一度くらいは住んでみるのも悪くない。なによりも引っ越しを決めるにあたり動員された、友人ならではのこまやかな選択の基準にエールを送りたかった。他人《ひと》とはちがう独創的な選択で、友人の特別な人生が新たに始まることを願ってのことだった。

ずいぶん前、SNSを使う人が周りに増えはじめたころ、友だちに会えば、こう言いあったものだ。会えばうれしいけれど、会って話すことが減ったね。今日の昼に何を食べたか、すでに知っている。最近どんな本を読んだのかも、すべて知っている。どんな映画をどのように観たのかまで、なんでも知っている。それゆえ、実際に顔を合わせたときに交わすちょっとした挨拶の言葉にも困る、という笑い話だ。たしかにそうだった。あのころは、あの家の猫が元気かなんて、聞かなくてもよく知っていた。あの人がご飯をちゃんと食べているのか、どこで誰と遊んでいるのかを事細かに知ることで、より理解が深まってよかった。実のところ、そうそう分かるはずもないということを、知らぬわけでもなかったのに。新しい形態で他人に接するこの方式にも慣れた今、わたしたちの「愛好」と「選択」がどのような形で決定されるのか、もはや知らないふりをすることができなくなってしまった。他者からの感染という方式で自分に近づいてくる「愛好」の世界に積極的に自身を〝露出〟し、「愛好」の世界にみずから〝収斂〟することによって得られる、情報弱者でも流行遅れでもないという安堵感が、所属感にすりかわる。自身の独創性によってのみ見いだされる、少しちがう楽しさを、置き去りにしたまま。

わたしはいつからか少し他人とはちがう自分の意見や日常、自分だけの発見を、そんな空間には〝展示〟しないようになった。思うに、みんな、他人とは少しちがう自身の意見を、どこかにこっそり隠し持っているのだ。すべてを見せているようでいて、そうであればあるほど、秘密は肥大化しているのかもしれない。わたしも秘密にしたいことがますます多くなってゆく。新たに知った美しい場所。そこが自分だけの秘密の場所になることを願って、口外はしない。そこが有名にならないことを、有名になっても変わらないことを願う。有名になったからといって、すべてがやすやすと変わってしまうわけではないが、作為のないありのままの場所は、あまりにも簡単に変わってしまうのだ。

多くの物語が待ち伏せしていて、少し異なる視点を楽しむことができて、かすかだが奇妙な残像を与える場所。そんな場所では、独特の音が入り交じった独特の空気が肌を包みこむ。感覚する器官であるわたしたちの肉体にかすかに刻まれ、ついには頭の中に美しい記憶となって存在するようになる。わたしが友人と一緒に歩いたあの見知らぬ路地のように。友人がこれから住むことになる町のように。

懐中電灯を照らしながら歩いた夜

インターネットのようなものが想像もできなかった九〇年代には、周囲の旅行経験者に助言を求めたり、旅行会社を直接訪ねてパンフレットの写真何枚かで旅行先を決めた。クアラルンプールで半年ほど過ごすうちに、きれいで広い海を見たくなって、あてもなく旅行会社を訪ねたのもそのころのことだった。いくつかのリゾート地の中で、ひときわ廉価な場所がひとつ、目にとまった。この商品はどうしてこんなに安いのかと店員に問うと、交通の便が悪くて、あまり人の行かない場所なのだという。あまり人の行かない場所だなんて。その説明に、かえってそそられた。わたしは契約金を渡し、その場所を予約した。そして、百貨店に寄ってごく基本的なシュノーケリング装備を揃えた。日焼け止めクリームもたっぷり買った。

夜行バスに乗って小さな都市まで行き、船着場に移動した。夜も明けて、朝になろうとするころに、始発のフェリーに乗って島に入った。十三時間あまりかけて到着したその場所は、なるほど、この世の果てのようだった。これ以上遠い地はどこにもなさそうな気がした。もしこの向こう側にさらに世界があるとしたら、そこはたぶんこの世ならぬ場所なのだと思った。何日か過ごしてみれば、そこはこの世の最も果てというよりは、この世の始まりの地のようでもあった。すっかり忘れていた幼いころの風景があちこちに広がっていた。家の外の水道のまわりで、互いの背中を洗っている家族。洗って伏せて積み重ねられた食器が丸見えのキッチン。音もなく気炎を吐く夕陽に、魂を奪われたひととき。それからあとの時間は漆黒。懐中電灯を手に細い道を散策した。くねくねした土の道で、抜け道はない。道の行き止まりのところには、当然のごとく小さな家が一軒、ピリオドのように置かれていた。そこで方向を変えて、来た道を戻ってゆく。そうして、自分の部屋にたどり着くと、ゆっくり夕食を食べて、ゆっくり日記を書いて、ゆっくりシャワーをして、するると眠りにつく。それがわたしの日課だった。

朝早く目が覚めたある日、少し遠いところまで行くことにした。学校を発見した。覗きこむ異邦人に、こっちへおいでと手招きをする人がいた。先生が出してくれた温かいお茶を飲んだ。午前には小学生が、午後には中高生が通う学校だった。学校の前の船着場のベンチでサンドイッチを食べ、コーヒーを飲み、午後はずっと船着場見物をした。フェリーが一隻到着して、労働者たちがテレビや炊飯器の絵が描かれた箱をおろした。タイヤが二つの小さなリヤカーを引いてきて、その箱を積んで帰っていく者たちがいた。リヤカー一つごとに、子どもたちが群がって、新しいモノを歓迎した。遠くで眺めていても、どんなに熱狂しているのか、手に取るように分かるくらい、子どもたちは跳びはねて踊っていた。

宿所に戻って、あれこれ持って海辺に出た。数歩離れたところで、毎日顔を合わせている子が、カメレオンと取っ組み合って遊んでいた。その子も、わたしと同様、この村の子どもたちとは皮膚の色が少しちがっていた。わたしのようにしばらくの間この場所に遊びに来ている子どもかもしれない。あるいは、この場所に住みついて、ここの人になっていくところなのかもしれない。たった一度だけ、その子がわたしのそばに来た。わたしが廃タイヤで作られたブランコに乗っていたときのことだ。そのとき、その子は、ごく自然にわたしの背を押してくれた。二回、三回、押してもらったわたしのブランコは、空へと飛んでゆくようだった。その子と一緒に声をあげて、きゃっきゃと笑った。その子にブランコを譲って、今度はわたしが背を押してやった。その子は愉しそうに見事にブランコに乗ってみせた。日が暮れると、その子の小さな手を握って、それまでひとりで歩いていた道を一緒に歩いた。その後、その子の一家は、高い熱が出た夜に、懐中電灯を手に解熱剤をもらいに行くことのできる隣人になった。

場所愛 topophilia(1)

0.

空間という言葉を好んで使っていたが、いつからか場所という言葉をもっとよく使うようになった。空間という言葉を好んで使っていたころのわたしには、物語と呼べるようなものはあまりなかった。ありきたりに生き、人並みに文学を知るようになり、どうにか文学のまわりをうろついて詩を書いてきたわたしは、自分だけの固有の物語が存在するわけがないと感じていた。膝を抱えてギュッと縮こまって座っている一人の子が、やっとのことで自分の心情だけを見つめて詩を書いていたころといってもよさそうな時期だった。そのころのわたしには故郷も、住んでいた町も、単なる空間でしかなかった。わたしの居住空間が最低限快適でありさえすればよかった。空間と、空間の中の自分が、同時につながる物語について、関心のようなものはなかった。そんなふうだったわたしが、空間という単語より、場所という単語を使いはじめたのは、空間に宿る固有の物語を振り返るようになったからだ。

どんな場所に身を置いているかによって、わたしは別人になった。品のない繁華街ではともに悪趣味になり、古びた路地ではわたしも一緒に古臭くなった。場所の中のわたしは閉ざされた個体ではなく、場所によって同期される未完の個体だった。一つの場所とつながったわたしが別人になっていくのは、場所に染みこんでいる物語を感知するということだった。物語が幾重にも重なりあった場所は、わたしを別の人間にすると同時に、わたしに一つの詩を呼び出してくれた。こうして、詩を受け取って書くわたしが誕生した。詩を受け取って書くわたしは、わたしを記録するわたしではなく、場所に宿る物語を記録するわたしに変じていった。場所に宿る物語のうちには、当然、その場所と縁を結んでいる多くの人々の物語と、多くの事物の物語がある。わたしは蟻のように小さくなり、物語だけが巨大になった。詩人であるわたしが世界を言語の中に詰めこみ、こねまわすのではなくて、世界が呼び出してくれる情報を逃さずに書きとめる。詩で書きとめるという意味においてのみ、わたしは詩人であるにすぎず、詩人としてのわたしの自我は書記と大きなちがいはない。ただ、書記とのちがいがあるとしたら、その場所に第三者のようにわたしが存在するという事実をあわせて書くという点だ。

場所という言葉と、空間という言葉は、厳然と区別される。場所は、時間が付与する価値と歴史が付与する物語をともに宿した、固有の名を持つ空間だ。場所には、その空間を構成する一個人の態様が匂いたつようにしっかりと染みついている。場所は唯一で、空間は普遍だ。場所は変化を経るが、空間はそのままだ。場所は破壊されないが、空間は破壊されうる。屋根が崩れて壁が壊れても、そこに宿った物語まで消滅させることはできないという点において、場所はいつまでも健在でいられる。戦争が起きて、一つの都市が破壊されても、再開発が進んで一つの地域がすっかり変わっていっても、空間のイメージが変わるだけで、場所は物語をしっかりと握りしめて永遠に命をつないでいける。ある場所に住む一人の芸術家が、その場所について詳細な記録を残し、その物語をしっかりと摑まえて、物語が消滅しないように記録しておくことが、それゆえ大切だ。可視的にはすべてをなくしたように見えるだろうけれど、非可視的には失っていないのと変わりがないようにするために。

1.

本も買えるし、展覧会も映画も観ることができて、遊ぶこともできるといった理由で、二十代のわたしは光化門《クアンファムン》と鐘路《チョンノ》をよく訪れた。光化門からスタートして、安国洞《アングクドン》のロータリーをすぎて正読《チョンドク》図書館のほうへ歩いていくか、秘苑《ピウォン》を経て大学路《テハンノ》のほうへ入っていくコースを好んで歩いた。そこで生まれた思い出も多く、埋めてきた思い出も多い。今もその通りへ行くと、あのときのわたしが、あのときのわたしそのままで、あのときそばにいた人たちと一緒に、その通りをうろうろしているような錯覚に陥る。今日も光化門に行く用事があった。世宗大王銅像の威容が光化門楼閣の屋根の線を遮る、あの通り。他の地域に比べるとそこまで変わってはいないと言うべきなのだろうが、あの通りにはもう情が湧かない。実のところ、ソウルのどこへ行っても同じようなものだ。長きにわたり物語を宿していた建物がほぼ消えてしまったか、物語が漂白されてしまった状態で存在している。そんな通りでは、わたしは本を買いもせず、展覧会を観ることもなく、映画を鑑賞することもなく、遊びもせずに、用事だけを済ませてバスに乗る。わたしが暮らしていた西橋洞《ソギョドン》の家の前の路地も、事情は似たようなものだ。バス停から家の前まで歩いて五分もかからない通りだというのに、三つの建物で大きな工事が行われている。一つは完全に崩れて建て直している。二つは増築中だ。静かな住宅街に、大規模な商業空間をつくる準備の真っ最中なのだ。長い間、通りすぎるたびに目を楽しませてくれていた柿の木と、松の木と、塗装の剝げた昔ながらの鉄の門が、一つ、また一つ、消えていく。木が消え、鳥のさえずりの種類も減り、路地で遊ぶ子どもたちも消えた。おそらくわたしが光化門について、あるいは、西橋洞の路地について詩を書くことになったら、消滅に対する悔恨以外には書くことはないだろう。

2.

乾燥した夏の気候の田舎町は、遺跡を訪ねもしないうちに、到着するなり風邪をプレゼントしてくれた。宿を探してさまようちに、行き交う車と強風が起こす土ぼこりを吸いこみすぎて気管支炎になったのだ。その都市にやってきた多くの旅行者が通過儀礼のように気管支炎になるという噂を、風邪をなんとか克服した数日後に耳にした。申し込んでおいたツアーを先送りし、何日も熱でうなされ、寝込むことになった。結局風邪だったのだが、知る者が誰ひとりいない見知らぬ都市で、ひとり高熱に苦しむことには少しばかりの恐怖を伴った。歩いていける距離に薬局はなく、病院に行くならほかの都市へ行くバスに乗らなければならない。そんな立ち遅れた地域だった。わたしの体の自然治癒力だけで風邪をすっかり追い払うまで、眠り、日の光を浴び、待ちつづけた。そして熱がきれいに消えたある日、ついに、わたしが実際に行ってみようと思っていた場所へ行った。禁じられた宗教を信仰する人々が三百年以上も隠れて暮らしていた場所。そこでご飯を食べて、子を産み、祈りをささげながら、誰にも見つからないよう暮らしていたその場所。はるか昔に溶岩が噴出し、一番熱くて奇妙な地形に変化してしまった場所。人々が隠れて暮らせるくらい、でこぼこしている洞窟でできた奇妙な地形であり、人々が身を隠せるほど辺鄙であったろうその場所。つまり、人が暮らせないところだったゆえに暮らすことができたその場所。でこぼこした白い岩山には小さな穴が開いていて、その前に立って穴の外を見渡した。この窓から昔の人たちは、日が昇り、日が沈むのを見ていたのだろう。飛ばした鳩が便りをくわえて戻ってくるのを待っていたのだろう。悲しいといえばとてつもなく悲しく、美しいといえばとてつもなく美しいその場所を遺跡として保存し、その村の人々はほぼ観光業に従事して生計を立てていた。この世にはこの場所のように悲しいといえばとてつもなく悲しく、美しいといえばとてつもなく美しい、物質的な外形と歴史的な物語をあわせ持った、奇妙で不思議な場所があまりにも多い。そのような場所を人々は遺跡と呼び、わたしはそのような場所に自分を連れていくことを好む。場に宿っている悲劇が美しくもあるのはなぜなのかを、おのずと証明する場所に到着してこそ、わたしが書いた詩を自分自身なんとか信じられるからだ。あんなふうに隠れて暮らしながらも青葡萄を育て、壁画を描く人々を実感しなければ、わたしの詩に宿るわたしの悲しみは誇張され、個人的な憂いにしかならないと、むやみにみずからを愚かしく思う傾向がわたしにあるからだ。

3.

必ず行かねばならない。心の中でだけ、そうくりかえし思っていた都市へ行くために永《ヨン》登浦《ドゥンポ》駅で切符を買ったことがある。永登浦駅でムグンファ号のチケットを取ったのはその日が初めてだった。その都市に行くのも初めてだった。永登浦とそこを日々行き来しながら、勉強をするか、生活費を稼いでいるか、そのどちらかのような乗客たちが同じ列車に座っていた。駅に降りて、集まりのある場所まで歩いていく途中、解雇された労働者たちが署名運動をしているテントの前にしばし立ちどまって、彼らが用意した資料を読み、彼らが制作した動画を見て、署名をした。彼らの至難の闘いが孤独なものにならないよう力づけるための集まりで、わたしは詩を朗読すると約束した。わたしが書いた弱々しい詩がなんの勇気と力になるのかと落胆する思いに、足取りは重く、恥ずかしさに恐れおののいていた。ドアを開け、彼らが共同体を築いて暮らしているその場所に入り、靴を脱いだ。廊下は、子どもたちが幼い手で描いた希望へのメッセージでいっぱいだった。ともに悩んで苦悩を乗り越えようという、学びの集いへのお知らせなども貼られていた。一緒に映画を見てメンタルセラピーをする時間割も貼られていた。まず最初に、彼らが出してくれたご飯を食べた。ごちそうになったのだ。そして、彼らが出してくれた飲み物を飲み、彼らの繰り出す気さくな冗談を聞き、彼らが差し出すささやかで素朴な好意をつぎつぎに受け取りながら、座っていた。落胆と緊張を少しずつ忘れていった。そのとき、ひとりの人が前に出て、家族に向けて書いた手紙を読んだ。読みながらその人は泣き、泣きながら読みつづけて、話したいことをすべて話した。解雇された労働者が何年にもわたって闘争を続けているとき、傍らにいる家族はどのように生きているかを、その人の手紙をとおして実感した。語るべきことは多く、すべての話が生き生きとしていて、その人は勇敢だった。その人が語り終えたあとに、その人が立っていたその場所に立ち、わたしは自分が書いた詩を朗読した。わたしの声は震えた。わたしの声は弱々しくなった。わたしの声は気後れしていた。集まりが終わり、靴を履こうと玄関に戻ると、解雇労働者のひとりがわたしの靴をきれいに揃えて差し出した。それから、通りに椅子を並べて、みんなで一緒にビールを飲んだ。香ばしい匂いを漂わせるフライドチキンを山盛りにして。わたしはほとんど話さず、人々がやりとりしている話をただ聞いていた。家に帰り、その場所にあった物語を、その場所で行き交っていたいくつかの小さな話を、詩として記録し、題名にその場所の名前をつけた。

4.

突然に雨が降り注いだ午後、ひんやりとする冷気が部屋の中をいきなり襲ってきた日に、クローゼットを開け、カーディガンを出して着た。カーディガンのポケットに手を入れて、雨がぱらぱらと降っている窓の外を見ていた。ポケットの中には小指の爪よりももっと小さい貝殻が一つ入っていた。机の上に置いて、かなり長い間見つめていたが、その貝殻をどこで拾ってきたのか、思い出せなかった。思い出せないので、この数年間に行ったいろいろな場所の海を思い浮かべた。花津浦《ファジンポ》、鏡浦台《キョンポデ》、広安里《クァンアンリ》、群山《グンサン》、済扶島《チェブド》、乙旺里《ウルアンニ》……。今、一つの物がわたしの前にあるのだが、その物と縁を結ぶことになった場所が思い出せなかったから、逆にわたしは今までに行ったすべての場所を呼び出していたのだ。その場所に一緒に行った人、その場所に行った時期、その場所でわたしが食べたり歩いたりしたほとんどすべての物語が、ありありと呼び戻された。思い出せなくてよかった。そこがどこだかを思い出すことができたなら到来することのなかった記憶を、呼び出すことができたから。思い出せないということと、にもかかわらず明白な物が一つ、証拠品のようにわたしの前にあるというその事実を、わたしは詩で書きはじめた。明白なことと明白でないこと、その隔たりをつなぐようにして雨が降り注いでいた。

5.

ときにわたしは、自分がどこにいるのかまるっきり分からないという感覚になることがある。わたしはわたしの部屋の机の前に座っているけれど、わたし自身よりももっとわたしを実感する誰かが、あちら側のどこかから、生きているという信号を送ってくる。窓の外は春の日差しが溢れているけれど、誰かがSNSに、わが町に大雪が降っていますと素敵な雪の写真をアップしている。また別の誰かが、わたしは元気ですよ、と病床日記をアップする。その誰もがわたしのよく知る人々であり、わたしが好きな人々で、元気でいてほしいとわたしが願う人々だ。わたしはようやく眠りから覚めて、コーヒーを淹れ、机の前に座って、窓の外の春の日差しを見ているだけ。そんな平凡な朝は、ちっとも現実味のない、ありふれたものだから、近況を伝えるほどのことは何もないように感じる。そんなときに、みんなからの便りを伝え聞いたわたしをなんとしても表現したくなり、一編の詩を書く。他の場所から届いた便りを一つ一つ積み重ねていくわたしがいる場所。それぞれ異なる場所がひとところに集まる、わたしの場所。それぞれの場所は便りの力によって、隔たることなく、互いに関わりあう。それぞれが直接に、目に見える形で関わることはないけれど、その関わりに関して詩を書くことで、わたしはそれぞれ異なる場所同士の関わりに関与する。

6.

場所について、遅ればせながらのわたしの愛着は、良い場所を渇望し、その場所に自分を置こうとする欲望の反対側にある。良い場所ではなく問題含みの場所、ぼろをまとった場所、人々の暮らしが丸見えで、次々出てくる家族の靴下やTシャツなどの洗濯物が旗のように翻っている場所に、わたしの愛着はたどり着いた。そんな場所でなら時間を物語と受けとめることができるからだ。そんなところをわたしは詩の場所と信じたいし、そこに住みたいと思っている。

（1）トポフィリア（Topophilia）「topos（場所）」と「philia（愛）」による造語。人間と場所とのつながりを探究する地理学者イーフー・トゥアンが『トポフィリア――人間と環境』（筑摩書房、二〇〇八年）で示した。

※本文中、2．は「旅人」、3．は「平澤（ピョンテク）」、4．は「そういうことに」という詩に結実している。いずれも詩集『数学者の朝』（クオン、二〇二三年）所収。

間隙の卑しさの中で

そこにいたから、わたしたちは致命的な瞬間を経験する。そこにいられなかったからこそ、また致命的な瞬間を経験する。

そこにいたときには、そこにいたから身の置き場に困って苦しむ。そこにいられなかったときには、そこにいなかったという理由で自分を責めて、心がすりへってどうしたらいいか分からない。

こんなわたしに耐えに耐え、ノートを開き鉛筆を持ってわたしは詩を書く。詩を書きながら、また致命的な瞬間を経験する。ある単語は逃げたがり、ある単語は自責し、ある単語は心がすりへって、ある単語はどうしたらいいか分からない。わたしはもっとどうすればいいか分からなくなる。

ノートをめくる、また詩を書く。またもやひどいことになるけれど、それでもまたノートをめくる。詩を書く。そうやってくりかえし、もう一枚、もう一枚、もう一枚、ノートをめくる。そのうちにわたしはすこしずつ変わってゆく。

わたしがそこにいたり、いられなかったせいで発生した致命性は、もう一度経験したくても到底経験できないことが明らかな現場である反面、ノート一枚めくって向きあう白紙は、詩を書くことをいくらでもまた味わえるということを教えるからだ。

また味わいたいことを、いまいちど新たに味わうということを前にして、わたしはようやく幾分か落ち着くのだ。

単語ではなく文章が、文章ではなく文脈が、文脈ではなく歌と似たようなものが、歌ではなく滲む涙が、滲む涙ではなく炎が、炎ではなく灰の山が、最後に白紙の上に積もる。詩は、すべての失意と失敗を経たすえに決着を見る、一握りの灰なのだ。

美しさに魅了されながらも、美しさからは得体のしれぬ生臭さが漂いだしているということに落胆する過程を経て、さらに、苦しみだとばかり思っていたことが卑しさの別の顔だったことを思い知る過程をも踏みゆく。

身も心もすりへる瞬間瞬間にかろうじて残された温度を、一握り、灰を掴むように詩に込める。

詩を書く過程は、詩人としてわたしが踏みゆく過程だが、書かれた詩からは、詩人としてわたしが感じとったこの辛辣な間隙の眩暈が、そのたびごとに消えてしまう。

いつだってくらくらする。つらい。生に対する失意と、生に潜む秘密との間隙が何よりも苦しい。今ここにある失意と、これから到来する失意との間隙がまず怖い。秘密を実感する感覚と、秘密に不感になっていく感覚との間隙がもう恐い。生きていくわたしと、詩を書くわたしとの間隙にたじろぐ。わたしが書いた詩と、詩に対するわたしの立場とに生じる間隙に、あわてふためく。生きていくわたしは、生きていかねばならないわたしとの間隙に対してだけでも、ぎょっとするのに、わたしが書いた詩と、詩に対するわたしの立場との間隙は、このうえなく冷たくも厳しい。

この数々の間隙の真ん中で、わたしはやっとのことでノートを広げ、鉛筆を手にして、詩を書く。詩を書くとはいうものの、間隙を数えてもがいているという表現のほうがよりふさわしいかもしれない。

もがいているさまが、踊り手の身のこなしにも似て限りない渇望をあらわにするとき、そのときだけは詩を書いたといえる。

詩はそれゆえに物静かなようだけれど、実は騒々しくて怖い。口を封印したまま体で叫ぶ悲鳴だから、沈黙や寂寥に近いと感じられるだけのこと。詩は熱烈で痛い。

詩はただそれだけ。ただそれだけなのか。それだけでもいいのか。詩には何もできなくても、何かできるとしても、あえて何かする理由がないとしても、何かをしようとしてはいけないとしても、詩は遥か彼方へ独りゆく。

わたしはとり残される。またもや詩とわたしとの間隙が発生する。

そうこうするうちに、見えてくるものがある。見えなかったものが見えるというよりは、見えていたものがちがって見える。

見えていたものがちがって見えるまで、ちがって見えるそれを正確に表現するまで、ノートをめくっては、またためくる。

次のページに広がる白紙の前で
わたしは生き変わるようなのだ
きっと生き変わることができるようなのだ

生き変わらなくちゃと、わたしがわたしの胸ぐらをつかみたくなるそのとき
白紙はわたしにとって到着の地であると同時に、出発の地になってくれる
唯一の場だ。その場を広げて

わたしは詩を書く。叱られたくて詩を書くかのようだ。詩を書いた日には、脚を伸ばして眠っても許されるような気分で、卑しいことであるのだけど、見つかって叱られて罰を受ければ眩暈も鎮まる、しばし世界も軽くなる、ということなのだ。

祈りをしばしやめること

あなたの一番得意なことは何と訊かれたら、「じっとしずまっていること」と答えるだろう。何それ、そんなの答えになってないでしょと、いまいちど返答を求められたら「じっと見つめること」と答えるにちがいない。その答えにわたしの無能や無精を読み取るなら、「それは祈りのようなもの」と、あえて説明するかもしれない。ひとり思っていることではあるが、わたしは本当に祈り上手だ。ずっとじっとしずまっていて、ずっとずっと見つめていて、そのずっとずっとじっとしずまる時間が心底もどかしくなるとき、いつのまにか祈っているようなのである。いや、ちがう。祈りが口をついて出てきてはじめて、じっとしずまっていることを、たまらなくもどかしがっていることに気づくのである。ごくたまに、祈るということが〝しずまり〟であるだけでなく、一種の〝いつわり〟だと思うくらいにもどかしくなるとき、わたしはようやく動きだす。そんなわけで、わたしはいつも遅く動き、最後の最後に動く。

いったん動いたなら、もう元のわたしには戻れない。動くということは、つまり、わたしを永遠に送り出してしまうということなのだ。そのようにして何度もわたしを送り出し、何度もわたしをわたしから遠ざけた。送り出されたわたしはどこかにいる。いるにちがいない。もしかしたら、それはすべてわたしであるにちがいない。わたしは、わたしが送り出されるまで留まる場所にすぎない。停留所でもあり、乗換駅でもあり、道でもあり、家でもあるのだが、わたしはそのような場所なのであって、わたしなのではない。じっとしていれば見つめる、見つめればもどかしい、もどかしければ祈る、祈れば動くという迷路のどこかで、おそらくどのわたしもつつがなく暮らしているにちがいない。安否は気にならない。場所にすぎないわたしが、去っていった者たちを気にかけるはずもない。それは場所の感情ではない。

場所と命名すべきわたしは——場所というものがこれまでそうであったように——積もりに積もった物語で疲れ果てる。みずからが時間そのものとなるような長い物語、そんな物語は手に負えない。重く厚く手ごわく、微量の啓蒙性までふくんでいる。そのあらゆる重みを揮発させて、感受性だけが最後に残されたとき、物語がひとつ、不思議なかぼそさで到来する。それが祈りなのだとわたしは思う。誰のための祈りなのか、誰に向けた祈りなのか、方向不在の祈り。それがどこから来ているのかだけは、どうにか分かる祈り。誰のための祈りなのかをじっと考えていると、誰に向けた祈りなのかをじっと考えていると、呪いのようにも聞こえ、皮肉のようにも聞こえる祈り。呻き声のように漏れ出るあらゆる祈りのための、かぼそい祈り。祈りを寝かしつけるための、子守唄にも似た祈り。わたしは祈りとは子守唄なのだと思っている。詩が、祈りを寝かしつける子守唄に似ることを願う。

　赤ん坊はひたすら今日だけを生き、明日はないと感じていると、どこかで聞いた。また、赤ん坊は眠ることに死にも似た恐怖を感じるともいう。だから、よほどのことがないかぎり、眠ろうとしないのだと。明日のためにもう寝よう。そう考えたら、赤ん坊ではないのだと。そんな赤ん坊たちに、明日があるということを、明日はきっと今日のようにこの場所にやって来るのだということを、最も平和な方法で教え諭すのが子守唄を歌ってあげることなのだという。子守唄に込められた不思議で平穏な約束に身をゆだねて、赤ん坊は必死に握っていた今日を手放す。そして、すーっと眠りにつく。約束に身をゆだねるかぎり、赤ん坊に祈りは必要ない。そんなふうにして祈りが無用になるよう、祈りに子守唄を歌ってあげること、それが詩ではないかと思う。

不安をぎゅっと抱きしめるためではない。怒りをうまく鎮めるためでもない。不安や怒りには悲しみと鬱憤がとかく絡まるものなので、不安や怒りから悲しみと鬱憤を取り除いてしまいたいのだ。わたしは来る日も来る日も、送り出されるわたしを見送っている。旅立つわたしのために、わたしはじっとしずまっている。後ろ姿をただ見つめている。わたしが足を踏み入れた世界の角《かど》でわたしが傷ついたとき、知らず知らず唇を開いて祈っている。その祈りを寝かしつけようと子守唄を歌う。それを聞くわたしは、じっとしずまっている。愛に寄生する新たな苦痛と、快楽に寄生する新たな死が、新たな恋人のように両脇に横たわっている。

私を煩わせる「無」

音楽を心底好きな人なら、それが物質であることを知らぬはずはないだろう。自分の全身を包みこんでいるその感触が、物性に起因するということを、自分の感覚で信じているはずだから。音楽が嫌いな人も、音楽が物質であることを知らぬはずがない。それが持つ物性が自分を侵害するということを、誰よりもよく知っているからこそ、嫌うのだろう。音楽は物質ではないと安易に断定する人は、ただ音楽に無頓着な人でしかないだろう。

音楽であれ、言語であれ、霊魂であれ、その物性の有無についてわたしたちが果てしなく悩むのも、それが目に見えないからだ。目に見えないなんて。それでも存在するなんて。じつに素敵ではないか。目に見えないものについて考えるたびに、疑問がついてまわる。本当に目に見えないのか、ということではなく、見るというのは、いったいどういうことなのかについて。

はたして見ているのか。見ることすらできぬ状態なのではないか。見ることで何が可能になるのか。可能性はどのようにして感じることができるのか。感じようがないのなら、それはないのではないか。見ても見ぬふりをして、知っていながら知らぬふりをして、すでに知っていることが有効になりがたい日々を過ごしているのではないか。目に見えるか見えないかはさておき、納得すべきことを当然のこととして納得しているのか。自分が発見できずにいるものや、自分が認知できずにいるものが、それぞれの空間でそれなりの在りようで存在していることを、どんな方法で認定すべきなのか。

「犬の糞《ケットンイ》」(1)のような名前を、大切な子どもに逆説的に名づけた親心がときどき頭をよぎる。そのケットンイは、親の望みどおりに目立たず無害で無病に成長したのだろうか。何をどれほど恐れて、生まれたばかりの子どもをケットンイという名前で呼ぼうと思うのだろうか。霊魂という言葉もケットンイという名前と似ている。霊と魂だなんて。無きものとしたい欲望ゆえのことだろうか。どれくらい怖ければそのような名前をつけることができるというのか。

恐ろしいことをした人間に「怪物」というのも奇妙だと、よく思う。それほどまでに極悪非道な場合は人間ではないと、はなから線を引いて怪物とわざわざ呼んでまでして、人間たることの範疇を過剰に保護しようとする欲望としか思えない。人間の本性を善良さだけに縮小しようとする政治的産物と感じられる。人間の本性にどれだけおぞましい面があるのかということを、永遠に知らしめないための企みのようにしか思えない。怖いからと、在るものを無きものとして一蹴する行為。

霊魂を「無の空間」として、別の角度で考えてみもする。余白と似た意味を付与しながら。余白が多いことを願いながら。余白が担うわたしたちにとっての非常に大きな役割を思い浮かべながら。だから霊魂には肉がついていないのではないか、と時折首をかしげてみたりもする。エネルギーが介入できない真空の空間が、霊魂でなければならないのではないか。

『サイエンス』は、一九九八年に〈今年の発見〉で「無 Nothing」を選定した。宇宙の七五%が「無」で構成されていることが発見され、「無」が星々を外に向かって押し出していることが解明された。宇宙の端にある数々の銀河の、互いに遠ざかる速度が加速しているのだが、この加速させる力が「無」だったのだ。遥かな数々の銀河がどれほど速くわたしたちから遠ざかっていくかを想像できるようになり、宇宙の膨張を理解できるようになった。[*1]

尊敬できる大人がいないという言葉をよく聞く。わたしも口にしたことがあるが、今は少し考えが変わった。人の目にはつかない大人たちを見まわすと、そこに尊敬できる人が見つかるのではないかと。誰にも気づかれないどこかで、わたしたちがあまり見向きもしないことに一生を捧げて、捧げているつもりもなく、ただ淡々と、黙々と――やっている人たち。彼らは容易に見つからない。だから、尊敬できるほどの大人がいないと感じるというのは、自分が誰を見ているのか――誰を見ていないのか――の証左となる。せいぜいその程度の言葉にすぎない。見方のせいで在るものを無いと言うのは、簡単で愚かなことだ。いや、見るということがそもそも、簡単で愚かなのだ。生きていくなかで、この類の愚かさを一度も経験したことのない人がいたら、その人は霊魂のない人間なのではないか。霊魂についてことさらに考える理由がないくらい、霊魂そのものの人なのだと思う。

*1　K・C・コール『宇宙の穴』、キム・ヒボン訳、ヘネム、二〇〇二年。訳註（2）参照。

（1）ケットンイ（犬の糞）　封建時代、病魔除けや厄除けのために使ったことから、長生きを願って主に男子に対して用いた。現在でも、幼児の愛称などとして「ケットン：개똥」や「ットンケ」（糞犬）、「ットンカンアジ：똥강아지」（糞犬ころ）など、親が自分の子どもに対して愛着をもって言うときなどに主に用いられ、日本の「こいつめー」のような感じ。

（2）K・C・コール（一九四六―）　サイエンスライター、南カリフォルニア大学アネンバーグコミュニケーション・ジャーナリズム学部名誉教授。『宇宙の穴』の邦訳は『無の科学――ゼロの発見からストリング理論まで』（大貫昌子訳、白揚社、二〇〇二年）。

パンと彼女

パンを作るのが好きな友人がいる。小麦粉を出してふるいにかけ、計量し、水を加え、生地にする時間。卵を取り出して室温にもどし、バターが溶けるの待つ時間。こうしたゆったりした時間が自分の前に広がるのが好きだという。考えごとがゆっくりと遠くに消えていく感じが好きだという。いやなことがあったときには、だからパンを作るのだと。パン作りの過程は計量がとくに重要なため、注意深く意識を集中させていると、複雑だった胸の内が整理されるのだと。製パンを正式に学んだことはないが、いつか本格的に習ってパン屋さんをやりたいという。物書きとして生活しているけれど、もう書くことがなくなったら、パン屋をやるつもりだと、幼な子が将来の夢を胸に抱くようにして大事にあたためてきた夢なのだと友人は話した。

あるときには、仲間うちの集まりにマドレーヌを焼いて持ってきて、ひとりひとりに配った。テーブルを囲んで食事をするときには、焼いてきたスコーンをメインディッシュ前のパンとして、分けあって食べもした。彼女が初めてパンを作ったのは二十一歳。学校が休みに入って両親の住む田舎へ帰ったとき、何もかもすべて居心地よかったけれど、まわりにパン屋がなかった。パンが食べたいと思いながら何日も過ごすうちに、自分でパンを作ろうと思ったのだという。

一番最初に作ったのはスコーンだ。お母さんの料理本にあったパン類のレシピの中で、簡単に挑戦できそうで、家にある材料でも作れるのはスコーンだけだった。そんな経験があったから、自分の故郷のような片田舎に、そこに住む人たちのための小さなパン屋さんを開くという夢を持つようになったのだった。

沖縄の北部に小さいアパートを借り、ひと冬を過ごしていた何年か前、レンタカーに乗って、そんなパン屋さんを訪ねていったことがある。山奥にぽつんと隠れているパン屋をめざして、曲がりくねった森の小径と急な傾斜の丘の道を、かなりの時間走りつづけた。人里離れたその場所には、六十年以上ものあいだ、パン作り一筋で生きてきたおばあさんがいた。香ばしいパンの匂いでいっぱいの店に入ると、おいしそうなパンが大小さまざまな袋にかわいらしく入れられていて、どの袋にも名前のシールが貼ってあった。わたしが名前の書かれたそれらのパンに目を向けると、それはもう村の人が予約したもので、パンを買うには今日予約をして、明日また来ればよいと教えてくれた。おばあさんの優しさと端正な感じに惹かれて、食べたいパンを予約した。次の日、あの曲がりくねって急な坂道をゆくときにはまだ、沖縄の山原で過ごすあいだずっと自分がこの道を日々通うことになるとは、まったく思いもしていなかった。パンがおいしいということもあった。なにより、山奥のパン屋でひとり明かりを灯して、村の人たちのために来る日も来る日も骨身を惜しまずパンを焼くあのおばあさんに、わたしは毎日毎日会いたかったのだ。

　誕生日プレゼントに何が欲しいか教えて、というメッセージをあの友人が何年か前に送ってきた。わたしはおねだりをするかのように、ケーキを焼いてほしいとお願いした。ケーキは技術と練習が必要だからちょっと自信がない、と躊躇う友人に、「あなたが作ったものなら、技術とか練習とかは関係なく、おいしく、ありがたく、食べられる！」と言って、わたしは友人を説得した。友人は何度か新しいパンを作ろうとしては失敗し、それからというものパン作りの楽しさを少しばかり忘れてしまっていたようだったから、なおのこと、そんなお願いをしたのだった。

友人がわたしの誕生日に焼いてきてくれたケーキを見て、わたしはとても楽しくなった。苺でちょんちょんと飾られていたそのケーキは、ほんとうにブサイクだった。形が整っていないことこのうえないそのブサイクなケーキは、しかしながら、どんなに完璧なケーキよりもおいしかった。甘すぎず、柔らかかった。味わうほどに、ケーキの表面とその内側から、苦心に苦心を重ねた友人のあたたかな手が感じられて、わたしを幸せにしてくれた。今までプレゼントでもらった数々のケーキの中でも、なにより記憶に刻まれ、なにより歓びを与えてくれた、最高のケーキだった。

友人はあの初めてのケーキ以来、さらに素敵に作る練習を重ねつつ、ケーキをプレゼントすることを楽しむようになった。今年の誕生日に彼女が作ってきたキャロットケーキは、手作りではなく有名なベーカリーで買ってきたものと錯覚するほどに、完璧な技を謳歌する仕上がりだった。おかげでわたしは、大好きなキャロットケーキをちょうどよい甘さで味わうという経験をした。そこはかとなく誇らし気な友人の表情もよかった。それなのに、コーヒーとともにキャロットケーキを食べながら、わたしはあのブサイクで愛らしかったできそこないケーキはもう二度と食べられないのだな、と思っていた。

失敗がきらめく

父に発泡スチロールの箱が届いたことがあった。昼間、幼い妹と二人で家の番をしていたときだった。しきりに白い箱へ視線がいく。中身が気になる。ほんの少しだけふたを開けてみようと、留めてあったテープをはがした。ふたをそっと開けて中を覗いたとき、事件は起きた。

おびただしい数の生きたテナガダコが入っていた。ふたを開けた途端、タコは死に物狂いで、いや、余裕たっぷりにうごめいて脱出を試みた。一匹ずつ引きはがして箱の中に戻そうとしても、簡単には引きはがせない。それでもどうにか引きはがし、元どおり箱の中に入れて素早くふたをするのだが、また他の奴が這い出している。ふたを開け一匹押しこむと、また他の奴が這い出るのだ。ふたを開けて押しこむのを何度もくりかえすうち、箱からだんだんと離れていっているタコたちがあちこちで発見された。制御不可能だった。連中の脱出を制御するには、どんな手でも使わなければならなかった。動きまわるタコに熱湯をかけよう。と、妹が言った。湯が沸くまでのあいだ、ふたはもう開けずに、あちこち這いずりまわっている連中を注視していた。そして、ついに、湯をかけた。タコはようやく大人しくなった。制御可能な状態になり、しおらしい姿になった。わたしたちは非常事態を鎮静させたと安堵し、大仕事を終えたような気持ちでタコどもを拾い、発泡スチロールの箱に戻した。しかし、帰宅してタコの死体を発見した父にとっては、それは事態の解決ではなかった。活きダコが好きな父の夕食の皿には茹でダコがのるしかなく、父はがっかりした表情で食事をしていた。わたしたちは父に、タコとの戦争を事細かに話した。叱られはしなかったが、父の表情からは、制御不可能なのは生きたタコではない、まちがいなくこの娘たちだ、というメッセージが滲み出ていた。

　おたまに砂糖をのせ、練炭の火の上で溶かしてから、重曹を少しだけ入れて膨らませて食べる「ポプキ」[1]が路地で大流行りしていたころ、暇さえあればポプキ屋の前でしゃがみこむようになり、小遣いを無駄にしていることを反省して、家で手製のポプキを作って食べようと決心した。店で重曹を買ってきて、おたまに砂糖をのせ、ポプキを思う存分作って食べた。そして、片づけをしようと流し台でおたまを洗った。真っ黒になったおたまは回復不可能だった。おたまを原状復帰させようと、たわしを手にTシャツの前がびしょびしょになるまでごしごし擦ったが、徒労に終わった。おたまが使い物にならなくなり、母に怒られるような気もしたけれど、それよりも小遣いを節約しようとしてなんの関係もないおたまを駄目にして、さらに大きな無駄遣いをすることになってしまった自分が情けなかった。さいわい、おたまは思ったより高くなかった。歪んだ古いおたまが、子どものおやつ作りの犠牲となって一気に真っ黒に変身したおかげで、母は新しいおたまを手に入れ、真っ黒になったおたまを「ポプキ専用おたま」にまでしてくれた。そのおたまで食べたいだけポプキを作って食べ、ポプキ作りに関しては、右に出る者がいないほどの腕前になった。

考えが浅はかな幼いころの多くの失敗は、好奇心は旺盛だが思考は単純で、現実は予想を超えているのに対処能力が欠如しているために引き起こされる。単純であっただけに、あっさりと失敗を認め、明るくまっすぐに許しを求めた。罰を受けるにせよ、理解を得るにせよ、受け取るべきものはすべて受け取った。後悔するにせよ、反省するにせよ、やるべきことはすべてやった。だからこそ、失敗が生み出す一つ一つの物語が美談へと徐々に変身することができたのだ。絶えず手入れされて宝石のように艶めく石さながら、きらきらする思い出となったのだ。

（1）ポプキ　砂糖に少量の重曹を混ぜて火にかけて膨らませたものを、さまざまな絵柄の型で型抜きをして遊ぶ駄菓子。タルゴナとも呼ばれる。日本のカルメ焼きのようなもの。子どもたちは路地でポプキを売る店主の周囲で、地面に置いた練炭の前にしゃがみこんでポプキを作っていた。

「積ん読」と「積ん読の対義語」

本を購入して積んでおくだけで読まないことを、日本では「積ん読」と呼ぶが、読み終えた本を捨てるわたしみたいな人はなんと呼べばいいのだろうか。たぶん「積ん読の対義語」とでも言うべき言葉だろう。読むか読まないかではなく、積むか積まないかが基準であるならばだが。

よく捨てるからといって、部屋に本が少ないわけではない。部屋のドアと窓、机を除いた壁一面に、乱雑に二重に積み上げられている。読み終えた本を捨てると言ったが、わたしの部屋に残っているこれらの本は、読んでいない本ではない。読み終えたが読みなおしたときに異なる感慨を抱くだろう本、読み終えたとはいえ、いつかじっくり読み返したくなる本……。要するに、読み終えたが、読み終えたとはっきり言いきれない本。いずれにせよ、ある種の余地が残っている本を保管しておく。吸収しきったと過信した本、今後二度と読むことはないと判断した本が捨てられる。捨てた本を捨てたことに気づかず、後日ふたたび探したり、所蔵していた本を二冊購入してしまったことにあとから気づくこともある。

亀尾《クミ》駅前にある小さな書店で朗読会をした。その書店は、似たような色ごとに分けて本を並べていた。とても小さな書店だったが、良い本がたくさんあった。良い本というより、わたしが好きな本が多かったと表現をするのが正しいだろう。自分が所蔵している本とたくさん重なっているということでもある。書架を隅々まで見ているうちに、わたしが持っていない本を一冊見つけた。白い本コーナーに置かれていた。まるで水たまりの波打つ水面のように、言葉たちが散りばめられていた。亀尾駅のホームに座ってムグンファ号を待ちながら、数ページを読んだ。ムグンファ号に乗って、乗り換えの大田《テジョン》駅で降りるまで、さらに数ページ読んだ。大田駅からKTXに乗ってソウル駅までの間、そして、ソウル駅から家までの地下鉄の中で、この本を一心不乱になって読みつづけた。いつもなら車窓の外の景色を楽しんでいるのに一度も見なかった。携帯も見なかった。

一九七二年、スーザン・ソンタグは『女が死ぬことについて』や『女たちの死』、あるいは『女たちはいかに死ぬか』などのタイトルの作品の構想を練っていた。「素材」という見出しをつけた日記の中には、ヴァージニア・ウルフの死、マリー・キュリーの死、ジャンヌ・ダルクの死、ローザ・ルクセンブルクの死、そしてアリス・ジェイムズの死など、十一の死を箇条書きで並べた。(…)ソンタグが乳がん治療中に書かれた日記は、その期間に書かれた頻度と量の驚くべき少なさがひときわ目に留まる。そして、少ないながらもそこでは、乳がんによる思考活動への損失が描写されている。とくに、化学療法がもたらす可能性もある、深刻で長期にわたる認知作用への影響について。一九七六年二月、化学療法を受けていたソンタグは日記にこう書いている。「頭の体操をするジムがわたしには必要」その次の日記は、それから数ヵ月後の一九七六年六月の記録である。「手紙が書けるようになったら、そのときは……」[*1]

乳がんと診断されて闘病中の著者は、スーザン・ソンタグの日記が断片的で分量が少ないこと、そして次の日記が数ヵ月後になってようやく書かれていることに注目して、ソンタグの日記の本を開いていた。わたしはそんな事実に注目せざるをえなかった著者に惹かれた。彼女が同じ病を患ったスーザン・ソンタグを自分の文章の中に呼び出したように、スーザン・ソンタグもヴァージニア・ウルフ、マリー・キュリー、ジャンヌ・ダルク、ローザ・ルクセンブルク、アリス・ジェイムズなどを呼び出す。このように呼んで、またさらに呼んで集まってきた名前を、果てしなく遥かなる末席のどこかで、わたし自身もまた呼んだようなのだった。実際につながっているわけではないのだが、ある作家から譲り受けたバトンみたいなものが、自分の手に握らされているような気分になることもある。このバトンのような心も友情と呼べるのであれば、アン・ボイヤー[1]が言及したスーザン・ソンタグと、スーザン・ソンタグが言及した作家たちと、わたしは友情を結んだといってもよいのだろう。アン・ボイヤーはこのバトンを受け取る心境を、「友愛の死とは、たしかに女性たちがお互いのために死ぬことではないのかもしれない。それは、それぞれに疎外された場所で起こる並行的な死だ。友愛の死とは、女性であるがゆえの死なのだ」[*2]と書き留めた。

＊1 アン・ボイヤー『アンダイング』、ヤン・ミレ訳、プレイタイム、二〇二一年。
＊2 同書

家に帰って机の前に座ると、わたしはこの本の残りの部分を読むのはまたあとにすることにして、「読みかけの本」コーナーに本を置いた。手に回ってきたバトンは、あのときのわたしには少し重かったのだ。この本を手に取って、最後まで読む日が近いうちに来るだろうけれども。そのときには、わたしが今より少しだけ勇気と気迫のある状態であってほしいと願った。もっと淡々とした心持ちで彼女と出会えますように。

完読したものの、次に読んだときには前とは異なる淡々とした感覚で、より深く心に触れるであろう本について語るならば、詩集をはずすことはできない。わたしが所蔵している本の中でも最も冊数の多いジャンルは、当然のことながら詩集である。読み終わっても捨てられない場合がほとんどだから。

韓国語に翻訳された外国の詩集はほとんどすべて、とりあえず買うことにしている。新人の初めての詩集も、出れば買う。読んでみて、自分と合わずに残念な気持ちになる詩集があまりに多い。それでも捨てずに本棚にしまっておく。また、詩人たちは、自分が出版した詩集を互いに贈りあう。引っ越しの挨拶代わりに蒸し餅を一枚ずつ隣近所に配るように、内祝いをする慣例がある。ありがたくもらって大事に読み、大切にしまっておく。全集として出版された詩集も、厭うことなくすべて所蔵する。かたっぱしから、だれの全集であろうとも買っておく。旅行に行ったときにも詩集を何冊か買ってくる。そのため、英語や日本語はもちろん、ドイツ語やフランス語、タイ語の詩集、マレーシア語の詩集、トルコ語の詩集、モンゴル語の詩集まで所蔵している。読むことはできないが、どうにか題名と詩人の名前だけは分かる。

そして、読まないのではなく、読み切れなかった詩集が一冊ある。父から譲り受けた詩集である。裏表紙が崩れてなくなってしまった詩集。あまりにも黄ばみすぎて茶色味を帯びている詩集。手に取って広げればたちまち崩れるにちがいない古い詩集。母の愛称の一文字と父の名前から一文字ずつとって作った「ウンジャン文庫」の印が表紙を開くと押されていて、五十六番と鉛筆でナンバリングされている。これ以上崩れてしまうのを恐れて、除湿剤と一緒に紙に包んで保管している。裏表紙がなく、奥付が消えてしまったので、正確な出版年度は不明だが、植民地支配からの解放直後の一九四〇年代末ごろに出版された詩集と思われる。

父は、この詩集に好奇心を抱いたわたしがあれこれ質問するのを面倒くさがった。覚えていないと答えた。十八歳のころ、書架で古風なこの詩集を見つけて喜んでいたわたしに、「なんでそんな本があるんだ」と言った。自分なりにあちこち尋ねて調べてみたが、このような名前の詩人を聞いたことがあるという専門家に出会えていない。

ぼろぼろ崩れていく欠片を気にしながらも、そのまま数ページめくってみる。誰が見ても、よいとはいえない詩が続いている。ふと、それまで一度として想像もしなかったことが頭をよぎった。この詩集はもしかしたら父の詩集なのではないか。父がこのペンネームで詩集を作ったのではないか。オーバーな想像かもしれないが、覚えていないと言ったあのときの父の表情はどこか胡散臭かった。

（1）アン・ボイヤー（一九七三―）詩人、エッセイスト。本書で二〇二〇年、ピューリッツアー賞一般ノンフィクション部門受賞。邦訳は『アンダイング――病を生きる女たちと生きのびられなかった女たちに捧ぐ抵抗の詩学』（西山敦子訳、里山社、二〇二三年）。著書に『*The Romance of Happy Workers*』『*A Handbook of Disappointed Fate*』など。

無能の人

父の最初の職業は農業教師だった。夕方になるとミリタリージャケットを着て喫茶店に行き、音楽を聴いた。父はタバコの吸い方やビリヤードの打ち方を学んだというよりは、かっこよくタバコを吸い、かっこよくビリヤードを打つ方法を身につけた。かっこよくこなす方法さえ身につければ、寂しくなかった。誰とでもすぐに親しくなった。ある人は父のところにきて声をかけたし、ある人は父をちらちらと見た。父は、いちばんつれない人にあらゆる手を尽くして求愛をして、結婚をした。

二歳違いの二人の娘は、一緒に父の写真を覗きこむのが好きだった。軽くタバコをはさんだ父の指が好きだった。父はそんな娘たちに絵を描いてくれた。描いたのは、庭や尖った屋根だった。娘たちは、池の中を見え隠れしつつ泳ぐ鯉のしなやかな姿態を一気に描く父の筆さばきが好きだったが、この風景がもうすぐわが家になる、という父の大言壮語は好きではなかった。

「お父さんは無能だからいや」。無能だというのは母の見解だ。そんな夫をもってつらかった母は、幼い娘たちを座らせて愚痴を言い、娘たちは母の語る父こそが、父だと信じていた。責任感もない、父親らしくもない、父。

父の二つめの職業は牧場主だった。乳牛を育て、優良乳牛大会で優勝したこともある。サファリルックに身を包み、牛の背を撫でている父の姿が地方紙に載った。遠足や運動会のときには、全校生徒に牛乳を飲ませてやろうと、父はトラックに乗って学校に現れた。

牧場の仕事をやめた父はソウルに上京し、大手製菓・製パン会社に常務理事として入社した。子どもたちは、父が持ち帰った新製品のパンを試食して、成長期を過ごした。キッチンは、パンと菓子と輸入食品であふれかえった。食べても食べても減らないキャンベルのスープ、チョコレート、パン、菓子の数々。それが給料の代わりに支給されていたという事実を、子どもたちは知るよしもなかった。父はリストラに遭い、ふたたび牧場を経営するための土地を探しまわった。養魚場を作り、うなぎを育てた。水温が十六度に保たれていないとエサも食べないという繊細な魚だった。母はうなぎの調理法を研究し、毎晩焼いては家族に食べさせた。うなぎの腹を一気に割く器具を発明し、調味料も開発した。うなぎは日に日においしくなっていったが、気軽に毎日食するような食べ物ではけっしてなかった。

父の次の関心事は太陽熱エネルギーだった。子どもたちのカバンに、ソーラー技術の未来について希望に満ちた説明が記されたパンフレットを入れて、担任の先生に見せなさい、と言うのだった。子どもたちには、担任の先生にソーラーパネル設置を勧める商才はなかったが、夜中に起きてオンドルの練炭を交換する必要がないという言葉が頭から離れず、パンフレットの文章をずっと眺めていた。父はソーラーパネルをろくに売ることもできないまま事業から手を引き、すぐに米国製のピザを輸入する仕事を始めた。韓国にも、ご飯を食べるようにピザを食べる日が来るはずだと、まずテレビCMを打った。子どもたちは映画の中でしか見たことのないピザを試食し、ピザチーズ、ピザ生地、トッピング材料でいっぱいの冷蔵庫に胸躍らせた。ピザ事業はチェーン店を募集するところからつまずき、家族が食べなければならないピザは増える一方だった。父は何度も履歴書を書き、履歴書を精魂込めて書いているあいだは、家族とは一言も口をきかなかった。文章を書くからとタイプライターを購入した長女に、自分の代わりに履歴書をタイプしてくれと頼んだある日のこと、五ページあまりもある華麗な履歴書を打ち終えて長女が口にした心無い一言に、父は食事をしていた手を止めて茶碗を投げつけた。割れた茶碗と飛び散ったごはん粒は、家族の行く末を容赦なく突きつける予言のようだった。

家族に話しかけるときでさえ目を合わせない父が、あのときのように激しく感情を露わにしたことが、あと一度だけある。長男が胃がんで闘病の末に死んだときのことだ。葬式のあいだ、ずっと父は淡々としていた。泣き叫ぶ親戚や息子の友人たちを慰めていた。ところが、火葬を終え、骨壺を抱いて火葬場から出る段になると、喪主の長女のところに駆け寄り、骨壺を奪い、胸に抱きしめ、声を上げて泣いた。

父が選んだ最後の職業は、「ダウザー Dowser」だった。地下水脈を見つけるために使う「L字ロッド」や「ペンデュラム」といった小道具を手に実演しながら、風水やウェルビーイング well-beingについて熱心に語った。そうした小道具を手にするようになってからは家を空けることが増え、哲学者のようになっていった。

父にはネクタイピンが二つある。外出をするときはゆっくりとネクタイをしめ、ネクタイピンをつける。一つは出身高校のもの、もう一つは出身大学のシンボルが刻まれているものだ。自分がいちばん輝いていた時期を物語る、たった二つしかないアクセサリーを胸につけるために、父は同窓会に出かけた。同窓会から帰ってくると、「みんな、悪い人間になった」とか「いったい誰が哀れなんだか分からない」などと家族に言い、二つのネクタイピンを大事にタンスの奥にしまいこんだ。

子どもたちが父を仰ぎ見たことはない。能力もゼロだったが、権威や抑圧もゼロだったので、父は家族の平等な一員に近かった。それでも、長いこと記憶にとどめられ、語りつがれるいくつかのイメージを、父からのプレゼントとしてたしかに受け取っているのだった。たとえば、もみの木。十二月に入ると形の良いもみの木を持ち帰り、床の片隅に置いて、子どもたちにクリスマスの飾りつけをさせてくれた。きらめく電球をまとったもみの木の姿は、父の姿でもあった。プラスチックではない、本物のもみの木。クリスマスシーズンの短い期間だけ輝く木。

「大切なものをドミノのようにすぐそばに置くな。ひとつ倒れても、連鎖して倒れていかないように、ちょっと離して置くんだ。人間も同じだ」。父が話してくれた言葉のなかで、長女が唯一覚えている言葉だ。釘一つ満足に打てず、釘に物を掛けるとすぐに落ちてしまって、だめにしてしまう父だったから、賢者のようなその言葉は娘にはほとんど笑い話だった。父は自分が打った釘のように、八十余年をゆるく生きたけれど、つねにこざっぱりとして、身だしなみに気を遣っていた。髪をきちんと整えてからでないと、家族の誰とも顔を合わせなかった。玄関で脱いだ靴もいつもきれいに揃えてあった。それだけだった。それがすべてだった父は、娘によくプレゼントを贈ってくれた。今日も地下鉄に乗って温陽《オニャン》温泉に行ってきたと。素敵な風景を見たと。靴につやを出してくれる発明品を地下鉄で買ったと。プレゼントだと。

あらゆる者の視点

「あらゆる者の視点に同じ比重を置くことをどう思いますか?」[*1]

「母」が主人公の物語に飢えていた。「母」が登場する数多くの物語に接してきたというのに、飢えはなかなか解消されなかった。とくに詩の中の「母」はどこかが歪曲されていた。実在していそうな母親の姿というよりは、実在すると長いあいだ信じられてきた母親の再現である場合が多かった。ある母は作品の中にひとりぽつんと美しく残り、実在する母を疎外しているように思えた。そんな母に作品の中で接すると、母だというその人物の

*1　サラ・ポーリーのドキュメンタリー『*Stories We Tell*』、二〇一二年（邦題『物語る私たち』）

孤独がわたしに押し寄せてくるようで、ほろ苦い気持ちになった。誰からもありのままに理解してもらえないという点で、母という存在には、なによりも悲しさばかりが感じられるようだった。典型的イメージから脱皮した母の姿を描いた物語においてですら、また別の典型のような母に出会うという、残念な感覚がつきまとった。

夫のある女が浮気をして妊娠した。子を産んだ。子の父が別にいることを家族は知らない。成人した子が、実の父を探しはじめ、やがて家族みながその事実を知り、衝撃を受ける。あらすじをこんなふうに伝えるとしたら、この映画についていて嘘をついているようなものだ。まちがったことは言っていないが、嘘に近い。嘘は誰かがひどく何かを隠蔽したり、誇張したり、歪曲したり、でっち上げたりすることで生まれるのではない。嘘も真実と同じくらい事実を根拠にし、正確で、信念に満ちているのではないだろうか。

まさに、このようにして、わたしたちの人生にあまたの嘘が発生する。「物語」はそれを真実に引き戻すために存在する。あらゆる通念に押さえつけられた嘘を救うのだ。小説を書いたり、映画を作ったりする者は、嘘に近づいていく物語を抱きとめ、生き返らせようという欲望を持つ。物語に宿る幾重もの真実を最大限逃さず、保とうと苦心する。

『物語る私たち』においてサラ・ポーリーは、夫以外の男を愛した母の物語を、さまざまな人びとの証言によって公平に分かちあう。証言者たちは母を非難しない。理解しようとし、胸を痛める。母の人生を偏ることなく見つめようと努力する。しかし、みなの口から表現される母についての物語は一致しない。一致しようがない。サラの育ての父と実の父、この二人の男は、この物語の真実を最もきちんと話せるとみずから確信しているが、ともすれば記憶があまりに大きく揺らいでしまい、最も大きな混乱を経験した人物でもある。生まれ変わった人間のように記憶を再構成するほかはない。その過程で記憶は引き裂かれてぼろぼろになる。このドキュメンタリーを演出し編集した監督であり、娘であるサラ・ポーリーは、ドキュメンタリーの中で話すことは最も少なく、登場も最も少ない。ただ、この映画を編集する行為によって自身の見解を表明し、自身の母に近づいていく。

この物語は、ともすれば伏せておくべき物語だったかもしれない。ところが、母の恋人だった男（でありサラの本当の父）が自分の視点でこの物語を出版したがり、サラは反対した。彼の視点では母のロマンス（浮気）は輝いていた。しかし、その男と関係なく数十年を生きてきたサラの家族は、排除されるしかなかった。とくにサラを育ててくれた、サラが父と信じてきた男は、その物語の中ではありのままの姿であるはずもない。それゆえ、母についての記憶を世の中に出すのは、サラにゆだねられることになる。母の夫（であり自分を育ててくれた父）が書いた言葉をナレーションとして入れ、あらゆる者の視点に同じ比重を置いて。

一致しない物語が集まって、奇妙な虚構が完成していった。真実を提供する唯一の当事者である母はすでに死んでこの世にいない状態であり、秘密を分かちあった者たちの告白によって、ひとりの人間の秘密が満たされていった。母の物語が完成するころ、母は母というよりは、一人のただの人間になっていった。そのため母という概念とは分離されていき、サラからも遠ざかっていった。まるで鳥かごから解き放たれて青空に舞い上がる一羽の鳥のように、遠く、遠く、遠く。

このドキュメンタリーは、一人の女性を、いかなる視点にも閉じこめることのない物語だ。誰よりも非難を受けるであろう一人の女性を、どんな枠組みにも要約しない。母の話を閉じこめまいとするサラの欲望には、娘として母を許したい欲望が含まれているのかもしれないが、許すという簡単といえば簡単な一言に、この映画は寄りかからない。母への熱い愛情にもたれない。母の人生を簡単に要約するまいとするサラの冷静さだけが、この映画を引っ張っていく。証言の不一致は、サラにとって、真実の消失ではなく、あるがままの愛のようでもある。話の不一致とは、話の食いちがいなのではなく、愛を最もありのままに見る唯一の方式ともいえる。私たちの人生の本来の姿に最も近いからだ。

　この映画を観て考えた。もしわたしの母の話を記録したいと思ったら？　わたしの記憶だけでは当然すべてを収めることはできないだろう。一番近い人がその人を一番知らないということもありうるから。母をインタビューするだけでは当然足りないだろう。一人の人間の人生を最も歪曲して記憶する人は、その人自身だろうから。しかし、母の夫はこの世にはすでにおらず、母の兄弟たちもこの世にはもういない。わたしが生まれる前から母を知る人たちは誰なのか。数えてみて、落胆した。すでに機会を逸したことに気づいたのだ。母の一面だけを知る者としてわたしはいつまでも生きていくのであり、母のすべてを知りたいと思いながらこれからも生きていくのだ。最も近くにいる人をここまで知らずにいたのかと、後悔することは火を見るより明らかだ。

　サラ・ポーリーは、母を再構成するドキュメンタリーを作る過程は津波のようだったと告白したが、機を逸する前に、一人の人間を理解しようという企図を実行に移しえたという点で、わたしは彼女がうらやましかった。その理解が、母を母という枠から解き放つものだったから、なおさらうらやましかった。

3

儚い喜び*1

*1「伝道者、あなたに会ったら、こんなことを訊きたいです。あなたがいま太陽のもとで新たに書こうとしているのは、いったいどのようなものでしょうか？　いまも考えをまとめているのでしょうか？　もしかしたら、そうした考えのいくつかを否定したい誘惑に駆られることはないのでしょうか？　あなたが過去に書いた叙事詩で喜びを覚えたときは？　その一時的で儚い喜びとは、はたして何なのでしょうか？　ひょっとすると、太陽のもとで新しくなったあなたの詩は、まさにその喜びについて書いたものなのではありませんか？」（シンボルスカのノーベル文学賞記念講演「詩人と世界」、『終わりと始まり』、文学と知性社、二〇〇七年）

1.

民音社の世界詩人選とチョンハ出版社の世界問題詩人選集で、外国の詩人たちの詩の世界へと足を踏み入れた。ボードレールの『悪の華』、ロートレアモンの『マルドロールの歌』、ランボーの『地獄の季節』、ヴァレリーの『海辺の墓地』、アポリネールの『ミラボー橋』……から始まり、リルケ、イェイツ、ホイットマン、エリオットと続く世界詩人選を味わっていた時期は、自分が書きたい詩について漠然とイメージすることができてよかった。テッド・ヒューズの『一滴の水の道を調べる』、パウル・ツェランの『死のフーガ』、ジャック・プレヴェールの『赤い馬』、シルヴィア・プラスの『巨像』、エンツェンスベルガーの『狼たちの弁護』、インゲボルク・バッハマンの『塩とパン』、フランシス・ポンジュの『物の固定観念』……。世界問題詩人選集を渉猟してからは、詩が定型化できないジャンルだということが、一層はっきりと理解できた。だから、詩がもっと好きになった。旺盛な食欲で、おそらく途轍もない貪欲さで、外国の詩人たちの詩の世界を敷き布団のように広げ、異質の文体を掛け布団のようにかけて、好事家のようにかなり長い時間を過ごしてきた。

数年に一、二度訪れる貪欲期に出会った詩人たちとは、惜別めいたことをすることもあった。ある詩人は興味が失せて、ある詩人はどうしても自分なりに消化できず、ある詩人は卒業する気持ちで、別れを告げた。最初に出会ったときはそれほど印象的ではなかったのに、時を経てからまるで再会するかのように強く惹きつけられて好きになった詩人も時折いた。ライナー・マリア・リルケとフランシス・ジャムもまた、わたしがその再会を喜びとした詩人たちだ。この二人の詩人は、再会後もつねに手が届くところに置いて、頻繁に読んでいる。どこが特別だから再会できたのか、説明できそうにない。詩というものは、どのように説明をしようとも説明できないことだけを説明することになる特徴があるからだ。

ともあれ、最初に出会った数多くの外国の詩人の名前と、韓国語に翻訳された詩集の題名を、ほんのいくつかではあるが並べたのには、わたしなりの理由がある。絶えることなく韓国に紹介されてきた外国の詩人たちが、ほとんど特定の言語圏に限られていたということを明らかにしたかったのだ。そんななかで、実践文学社から刊行された二巻の詩集との出会いという事件が起きた。一冊は、アブデル・ワハブ・アルメシリ編『パレスチナ民族詩集』（マフムード・ダルウィーシュ、サミ・アル＝カシム、タウフィーク・ザイヤード、ラシャド・フセイン、セーラム・ジュブラン、ファドワ・トゥカーン、ジャブラ・イブラヒム・ジャブラ、ムーイン・ブセイソウ、アブドゥル・カリム・アル・サバウィ）だった。この本でマフムード・ダルウィーシュの詩を読んだ。もう一冊は、チェスワフ・ミウォシュ編『ポーランド民族詩集』（レオポルド・スタフ、アントニ・スウォニムスキ、カジミエシュ・ブロジンスキ、アレクサンデル・ヴァット、ユリアン・プシボシ、ミェチスワフ・ヤストルン、アダム・ヴァジク、チェスワフ・ミウォシュ、タデウシュ・ルジェヴィッチ、ティモテウシュ・カルポーヴィッチ、ミロン・ビヤウォシェフスキ、ズビグニェフ・ヘルベルト、タデウシュ・ノヴァク、ボグダン・チャイコフスキ、スタニスワフ・グロホヴィヤク）だった。括弧の中に、この二冊の詩集に収められている詩人たちの名をあえて並べて記したのは、その名をいまだに正確に覚えられずにいるから。黄ばんで色褪せた活版印刷の詩集を本棚から取り出し、目次のページを開いて、いまこの場で書き写したのだ。この二冊の詩集には、当局の検閲によって一部分が削除されたまま収録されている詩もある。戦争と軍事統治と殺戮、と要約されうる歴史的事件の数々がしばしば脚注に記されている。詩人たちは追放されたり、亡命をしたり、監獄に囚われたり、難民であったり。一九八〇年代に韓国で韓国語を使って詩を書きはじめたわたしは、これらの詩人に深い親縁性を感じ、もっと知りたくなった。初めて似たような傷をとおして、似たような立場の外国の詩人に出会ったのだ。

　ポーランドの詩人、ヴィスワヴァ・シンボルスカがノーベル文学賞を受賞したという知らせが飛び込んできた一九九六年、わたしはおずおずと最初の詩集の準備をしていた。ノーベル文学賞受賞作家は誰でもそうであるように、シンボルスカの詩集も韓国語で翻訳出版された。しかし、当時のわたしには縁がなかった。二〇〇七年にシンボルスカの詩選集が『終わりと始まり』というタイトルで翻訳出版された。刊行の知らせを聞き、すぐに入手した。そしてヒマラヤでのトレッキングへと発つときに、この詩集をリュックサックの中に入れた。

2.

体が重くなるのを気にして水を飲むのも控えていたヒマラヤで、何か一つでも捨てていこうと、わたしは毎晩リュックサックの中を探った。不用品の第一位はもちろん詩集だった。夜は思っているより長いし、山中では本当に何もすることはないから、本を読む時間がたっぷりあるだろう、というある人の忠告とは正反対に、一日中トレッキングをして、疲れきって、毎日早々に寝ていた。日記を書く時間もなかった。『終わりと始まり』を半分も読まずに、滞在していたロッジの休憩スペースの本棚に寄贈して帰ってきた。おそらく、もしもそのときにシンボルスカの詩に深い魅力を感じていたならば、一冊の本のせいでリュックが重くなったとしても、捨てて帰ろうとは思いもしなかっただろう。当時はそうではなかった。

ようやくのこと、シンボルスカの『終わりと始まり』に再会したのは、季節が何度か移り変わってからのことだった。友人の詩人たちと膝を突きあわせて、わたしたちの指先から生まれた詩について、悩みを分かちあっていた。わたしたちの指先から生まれた流麗なだけの詩について。わたしたちの指先から生まれた弱々しい詩について。悩みを分かちあうしかない具体的な事件が、いたるところで毎日のように起こっていた。そのころに再会したシンボルスカは、まるで「そんなことだろうと思ってた」とばかりに近づいてきた。シンボルスカの詩は剛直だった。彼女の言葉は文学の美学を追求するというよりも、人間らしくあることの美しさを表すことにのみ集中していた。わたしは、そのとき、素朴な印象を与えるシンボルスカ特有の文章を「非美の美」と受けとめ、彼女の世界へと分け入った。それまでわたしの指先で書いてきた詩が追求し、それまでわたしの二つの目で読んできた多くの詩もまた追求してきた文学主義が、美しさもその度を越して脂ぎった料理のように感じられはじめた。

　シンボルスカは、一晩中詩を書いている間ずっと、蛾が頭の上を執拗にバタバタと舞い飛んだ場面[*2]を描いている。飛翔と着陸をくりかえして、羽根をばたつかせる蛾は、いったいなぜあんなことをしているのだろうか。たんに走行性生物だという理由だけだろうか。つまらぬと言えばつまらない蛾のことなんかをシンボルスカが詩に記すのはなぜなのか。

　シンボルスカは手垢のついた素材とそうでないものの線引きをしなかった。そんな区別をするのは、子どもじみていると、フッと笑い飛ばしてしまうような印象が詩に滲んでいる。シンボルスカは詩に重々しく接することはない。それよりも人間を取り巻く人生の条件にずっと重きを置いていた。書かれる詩は自然で平易だ。平易だということは、平凡だということとは少し異なる。平易な文章を自在に書くには、言葉の一つ一つに神経を張りめぐらして複雑な構造を持つ文章を書くことよりも、ずっと多くの努力を要する。シンボルスカは自分の詩を読む人が、自分の言葉に惑わされることを警戒するかのように、最大限の素朴さで、最大値の真実を込めて詩を書く。魅力的な文体と魅力的な世界を披露するためではない。差し迫った問いの前にみずからが立っているからなのだ。飾らない詩の真価を、ポーランドから遅まきながら到来したシンボルスカから、わたしは感じとった。

3.

シンボルスカは、ポーランド人でなければ書けなかった詩を書くことになったのだと思う。だから、ポーランド人でない人々にも広く届く詩になったのだ。韓国人でなければ書

＊2 ヴィスワヴァ・シンボルスカ「公開 Jawność」、『終わりと始まり』、チェ・ソンウン訳、文化と知性社、二〇〇七年。

けなかっただろう詩について考える詩人ならば、たまに見かけたような気がする。そういう詩人に出会っても、わたしは半分ぐらいしか肯定しなかったように思う。民族性に対するある種の図式が滲みでていて、まったく賛意を表せないことが大半だった。ちがうと言いたいところではあるが、韓国の近代文学の土台は西欧の影響のもとに創られている。母国語を基にして理論的な土台と創作態度が発明されたことは、ほとんどない。発明した作家がいたとしても、見分ける目がなかったのかもしれない。詩はとくにそうだ。

韓国の詩人たちが、自分たちの領土をさまざまに開拓してきたということで、どんなに信頼されていようとも、どこかに手つかずの大地があったとわたしはつねに考えていた。その大地を通りすぎた詩人はいただろうけれど、その大地に根を下ろして生きた詩人はいないと言ってもよい、ある領域。その領域の主人をただ一人だけ挙げるとしたら、わたしは韓国国籍の詩人ではなく、ポーランド国籍のヴィスワヴァ・シンボルスカを挙げる。シンボルスカがポーランドから飛んできて、その大地に舞い降りた、とわたしは感じた。まるで、綿毛のような花種が突然に到来するように。

シンボルスカは誰かに話しかけるような詩を書く。だから、シンボルスカは書くことに話すことを重ねる。詩を対話のための唇のように使っているかのようだ。シンボルスカは、話しかけたがっている誰かがいると感じさせる。話しかけたいという思いの前提となっている、あなたの考えを聞きたいという切実さが、シンボルスカの詩をすべて誠実に読み終えたならば伝わってくる。どんな悲劇を目にして発話しようとも、シンボルスカの詩がどことなく優しくなる理由だ。

誰かが、自分にこんな質感の言葉をかけてくれるのを待ちわびて生きているのは、わたしだけではないはずだ。こんな質感の対話でないのなら、数多くの人に会い、数多くの対話を重ねても寂しさは募るばかり。それは、わたしだけが感じている渇望ではないはずだ。だから、わたしはますますシンボルスカと対話をしたくなって詩集を開く。彼女はわたしに語りかける。

「わたしにあなたの詩を見せて」[*3]と。わたしはシンボルスカに応答するように、詩を書くことがある。わたしは詩を書きながらも、ときには機械のようにひたすら詩ばかり書きながらも、迷路に入りこんだように道に迷いながらも、平気で書いていられるようになる。

シンボルスカは誰にでも声をかける。にもかかわらず、たった一人に声をかけているか

＊3 前掲書「考古学」より。

のような、確かな焦点がある。なぜそんなことが可能なのか、詩を書いて生きてきた一人の人間の生涯を想像してこそ、それは分かる。

シンボルスカが誰にでも声をかけているときには、誰も除け者にされることはない。詩を読まない人も。詩に関心のない人も。詩を悪く言う人さえも。シンボルスカはあらゆる人を詩に招く。あらゆる人へと向けて詩を書くから、シンボルスカは向こうにいながら、同時に目の前にいるような印象を与える。わたしがシンボルスカのことが好きな理由の中でも、いちばん重要な理由でもある。

シンボルスカはたわいないことを詩に取りこむ。転がってくる小さなボールに、鼻をくんくん鳴らして近づいていく子犬みたいに引き寄せられて、ふと周囲を見まわすと、ふしぎな驚きの前に置かれている。わたしがどこに立っているのかは、さほど重要ではない。どこにでもいることになるのだ。いちばん具体的な地点へと導くのと同時に、どこでもない地点へと導くという点で、シンボルスカはトポス（場所）から出発したアトポス（不特定な場所）へと、有限から出発した無限へとわたしを連れていく。

これはありきたりの日常をきめ細やかに扱うための装置かもしれず、ありきたりなことの偉大さに気づかせる装置かもしれないが、思うにそればかりでもない。もしかするとシ

ンボルスカの辞書には、「ありきたり」という言葉自体が存在しないのかもしれない。なにごともありきたりでないという前提の中で、具体的な詩語が生まれるからだ。ありきたりとありきたりでないこと、大切なことと大切でないこと、役立たずと役立たずでないこと、美しいことと美しくないこと、こんな区別をせずにいることが、彼女の特別さだ。

だから、シンボルスカの詩を読むと、わたしたちは人間であってよかった、と思うようになる。詩を読むだけで、人間であることを回復する瞬間を体験する。こうした態度を、ある人は幼な子のような天真爛漫と分析するだろうし、ある人は磨きぬかれた円熟の知恵だと分析するかもしれないが、世の中を見つめる詩人の高潔さによるものだとわたしは思う。詩人たちのなかには、愚かにもおのれの詩を自慢する者たちがいるものだが、シンボルスカは高潔さについて語ったり、高潔な文章を駆使したりするようなことを一切しない。

態度と視線。そして自分自身の生。シンボルスカが詩を書くために、まず努力したのはこれなのだと信じている。そして自分の口から流れ出す彼女自身の語り口とほぼ同じの、最も自然な文章で、シンボルスカは詩を書いていったはずだ。詩を書く過程で彼女が念頭に置いていたのは、おそらくこのようなことだ。無関心に通りすぎたものはないだろうか。見逃したものはないだろうか。

シンボルスカは、死について書くときさえも生について書き、不在について書くときさえも、不在がいかに存在しているのかについて書いた。シンボルスカはいつでも人間の側に立って書いた。人間について書いた。それ以上を書こうとはしなかった。それらを超えたものについては想像しようとしなかった。彼女にはそうする理由がなかったと言ってもよい。生にまつわるささやかなことの数々ゆえに、いつでもただ語りたい話があったのだと言ってもよい。怒りに満ちていても、警告をしていても、断固としてわたしたちの生を直視するときにも、彼女の詩が優しく、あたたかく、希望に満ちていて、美しい所以だろう。

詩の言葉が日常の言葉とは別にあるのだと、経験の言葉が先験の言葉とは別にあるのだと、シンボルスカは主張しない。そのようなことを主張しないことによって、彼女は詩人の偉大さではなく、人間の偉大さを完成させていった。それもまた、偉大さも完成も追い求めたことがないからこそ、可能となった完成なのだろう。

一番よいのは
わたしの詩よ、おまえが注意深く読まれ、

話しあわれ、記憶に残ること。

その次によいのは
ただ読まれるだけ。

三つめの可能性は
書き上げたばかりなのに
ほどなく屑箱に捨てられること。

おまえが活かされる四つめの可能性がもうひとつ残っている。
書かれることもなく、姿を消すこと、
満ちたりた口調で、自分に向かってなにかをつぶやきながら。[*4]

*4 ヴィスワヴァ・シンボルスカ「わたしの詩に」、『充分だ』、チェ・ソンウン訳、文化と知性社、二〇一六年。

シンボルスカは自分の詩の可能性を右のように四つに分けたが、わたしは詩の五つめの可能性について記しておきたい。詩人の詩を読み終えてから、幸せな心持ちで胸を撫でおろし、夜を明かして書いた自分の詩作ノートの上に、その詩集を重ねておく、そんな詩人が生まれるということ。しかも、その詩人は、その詩を読む誰かが一度も行ったことのない国で、日々かろうじて詩を書いているかもしれないこと。詩人の儚い喜びがこんなふうに遥かな地まで届くこともあるということ。

4

「途方もなさ」について

十四歳だった。母から一冊の詩集をプレゼントされた。わたしにとって初めての詩集だった。ソウル女子高前のバス停で、家へ帰ろうとバスを待っていたところだった。となりに立っていた母が「本、買ってあげようか?」と話しかけてきた。慶州《キョンジュ》からソウルへ転校してきて初めて母と外出した日だった。ソウル女子高で弁論大会の予選が行われた日でもあった。わたしは慶州訛りを流暢にあやつり、勇敢にも声を張り上げて、予選敗退した。舞台に上がる前、自分の番を待っていたときにすでに、こうなることは分かっていた。母も同じだった。なんの期待もしていなかったとはいえ、まったく傷つかないわけがない。母はじっと黙りこんで立っているわたしをとてもかわいそうに思った。そのときわたしはバス停前の小さな本屋に入った。

鍾路《チョンノ》書籍から刊行された『韓国の名詩』という本を、書店の主人はわたしに薦めた。韓国の詩をぎっしり収録した選集だった。判型も大きく、厚さもかなりのものだった。近現代の詩人の代表作が網羅されていた。若干の解説もついていた。十六歳のときに小遣いで鄭玄宗《チョンヒョンジョン》(1)の『苦痛の祝祭』を買うまでは、わたしの所有する唯一無二の詩集だった。年代別に収録されたその詩集の中で、わたしが最初に惹かれた詩人は尹東柱《ユンドンジュ》(2)。いちばん最後に発見して、長きにわたって魅了されつづけた詩人は金《キム》宗三《ジョンサム》(3)だった。二人の詩人の詩は、子どもが書いた詩のようだった。子どもには書けない詩のようでもあった。まだ子どもだったわたしには、そんなふうに読めた。金珠暎《キムスヨン》(4)や李箱《イサン》(5)や金《キム》素月《ソウォル》(6)は、それぞれ異なる個性がありながらも、人に読ませるための詩のようであるとすれば、尹東柱や金宗三は、ただひたすらに自分自身と向きあい、静かに書き記した文章のようだった。「弁論選手」としての人生を捨て、本格的に内向的な人間になりつつあった、あの頃のわたしにはぴったりだった。日曜日の朝はきまって、床に寝そべって詩集を読んでは、また読んだ。理解はできなかったけれど、伝わってきた。ページをめくるたびに、ちがう詩が目に入ってきた。いつまでも目に入ってこない詩ももちろんあった。わたしの歓心を買うことのできなかった詩を書いた詩人たちの名を、今でもはっきりと思い出せる。どうしても目に入ってこない詩を、もう一度読んでみようと努力したからだ。途方もなかった。途方もなかったけれど、不思議と視線は長く留まっていた。

わたしが書いた詩の数々が収められ、わたしの名前が記された、わたしの初めての詩集が、二十九歳で出版された。前世紀のことだ。いろいろな出版社から詩集の出版を提案されたけれど、わたしには詩集を出版する覚悟のようなものがなかった。詩集の原稿を渡すというより、発表した詩の載った文芸誌をいくつか持ってゆき、出版社の主幹に会った。その席で詩を書くことについて語りあい、その話の内容は思い出せないのだけれど、詩集の原稿整理をどんどん進めていく勇気をもらったことだけは鮮明に覚えている。八インチのフロッピーディスクに原稿を保存して、出版社へ持っていった。原稿を渡したのは夏が終わるころで、詩集が出版されたのは冬になってしばらくしたころだった。弘大《ホンデ》の駐車場通り[7]にある二階の飲み屋で、出版社の関係者に祝ってもらった。ロウソクを灯したケーキが目の前にあり、スピーカーからはお祝いの音楽が流れていた。おめでとうと声をかけられ、三分ほど酒席の主人公として座っていた。最初の詩集を出版したばかりの新米詩人としてわたしが経験したことは、これ以上にたくさんあったはずなのに、記憶から消えていった。文学評論家がＤＪを務めるラジオの深夜番組に呼ばれたこともあった。彼はわたしに、初の詩集は気に入ったかと尋ねた。わたしは、正直に書いたのでそれで十分なのだと答えた。もう少しかっこよく返答したらよかったのだけれど、わたしがそのとき言いたかったのは「それで十分」ということだった。その後も長いこと「正直に書いたか」ということについて自問していた。たまたまデビューというものをして、たまたま詩集というものを出版したけれど、振り返ってみれば、それからも多くの機会や恩恵が順々にやってきたようだったけれど、わたしは何かが漠然と恥ずかしかった。むなしかった。途方に暮れた。これ以上は詩を書かなくてもいいというくらい、懐疑的だった。

三冊目の詩集を出したころになってようやく、自分が詩人であることを漠然と自覚しはじめた。いろいろな経緯で知り合った後輩たちから、わたしの最初の詩集への感想を聞くようになった時期だった。死ぬほどさびしかったときに枕元に置いて読んだという人、詩句を引用して「くーーーっ！」という感嘆詞とともに酒杯を交わしてくれた人、最初の詩集のように書きつづけることを願っていたと言って失望を打ち明けてくれた人、軍隊で表紙の角がすり減るほど読んだという人……。そんな話を聞いているとき、わたしはどんな表情をしていたのだろう。よくわからないけれど、生意気だったり、冗談っぽくちょっと得意顔をしてみせたりしていたのだろう。

ときどき朗読会や詩人との出会いのようなイベントに参加して、読者から「自分の詩集の中でどれが一番気に入っているか」と質問されると、わたしはきまって一冊目と答える。未熟で、粗削りで、よく分かっていなかったけれど、だからこそ心惹かれる。人間が、よく分からぬままにやってしまったこと。途方もないけれど、なんでもやってみようと必死になっていたときに書いた詩。そこに漂う無垢さは、わたしが失いたくない感覚の一つだ。

近ごろ、どのような本を出したいのか、計画や夢のようなことを質問されると、わたしはそのたびに「一冊目の詩集」を出したいと答える。この答えは、冗談に聞こえたり、戻れない昔をロマンチックに回想しているかのように聞こえたりするかもしれないけれど、わたしは本気で「一冊目の詩集」を想い描いている。初めて詩集を出したあのころのように漠然として何も分からないような、あんな状態ではなく、あのころよりも熟練し、あのころよりも物を知り、あのころよりも詩人という呼称を「肩書き」として認めている今のわたしが夢見ることのできる、「一冊目の詩集」を想像する。六冊目[8]ということを意識して詩集を出す心持ちでは出会い難い初々しさの中に、自分がいるようにという思いでもある。

わたしは、詩人の最初の詩集とは、とりわけ格別なものだと思っている。買っておいて、いまだに読めずにいる一冊目の詩集が、書斎の一角にきれいに積みあげられている。やるべきこともなく、やりたいこともなく、つまらないことこのうえない午後を過ごしながら家の中をうろうろする日、一冊取り出してソファに寝転ぶ。詩集のタイトルを読み、詩人の略歴を読み、詩人の言葉を読み、目次を読み、最初の詩を読む。狂おしいほどに喜ばしい時間だ。一個人が、その人の方式で口を開き、その人の語法で一文字一文字書き記していった世界。異なる世界の通路が一つ、大きく開かれて、開かれた門から光が降り注いでいる。見えるものがないからこそ、すべてのものが見えるようにも感じられる門だ。

この世のあらゆる「一冊目の詩集」は、出版されたと表現するより、残されたと表現するほうがよりふさわしい。本当にいい詩集とは、ある日、誰かによって一足遅れで発見されるものなのだ。詩集が出版された次の季節に、あるいは翌年に、あるいは十年後に、偶然その詩集を読んで歓びが湧きあがったならば、それはその人を待ちつづけてきた詩集となる。いちばん最後に発見してくれた誰かによって、「一冊目の詩集」はそれが世に出た名分を完全に備える。人が遅まきながら一冊の詩集に遭遇するとき、それはその詩集が少し早く未来に到着しているから可能なのだ。詩集は少し早く未来へ行っていて、読者は少し遅れてその世界へ到着するということ。これは、詩が長い間わたしたちにしてきたことだ。狂おしいほどに喜ばしい最初の詩集よりも、じつは詩人の最後の詩集に、わたしはより心惹かれる。最後の詩集は、自身がもうすぐ死ぬという暗示に満ちているものだといわれる。死と向きあって闘った詩人が、病床で書こうと書くまいと、いずれにせよ、最後の詩集には病の気配が染みついている。ところが、この病の気配は、わたしたちのよく知る病の気配とは別物だ。詩人の病の気配とは、欲のなさをどこまでも透明にあらわにする。最後の詩集で、詩人たちはほとんど闘うことなく、泰然としている。よく分かっているのに、分かっているとは言わない。見せようとせず、立証しようともしない。玲瓏たる文章が書かれていても、何も試みてはいない。何も試みないことを試みたのだという表現が正しいのかどうか分からないけれど、読者であるわたしはそのように読んだ。すでにこの世と決別して旅立っていった詩人、最後の詩集を上梓した詩人だけに可能な試みなのかもしれない。

何も試みようとしないことが、人の最終的な試みであることに、わたしはいつも驚かされるのだ。いつも新しいのだ。ひとりの詩人の出師の表[9]であった最初の詩集とともに、同じ日同じ午後に取り出して読むと、その二つの隔たりはとてつもなく果てしない。今日は詩人崔正禮《チェジョンレ》[10]の『わたしの耳の中の竹林』と『光の網』を取り出して読んだ。読みながら、わたしは極上の途方もない一日を送ることができる。一日がこうして過ぎていくことに満ち足りた思いでいる。そして知る。このような種類の途方もなさが、詩人の最終的な選択であることを。

（1）鄭玄宗（一九三九―）　詩人。一九六五年に詩「夏と秋のうた」などでデビュー。中学の国語の教科書に詩が掲載されたり、ドラマ『この恋は初めてだから』の劇中で詩「訪問客」が使われたりしている。

（2）尹東柱（一九一七―一九四五）　詩人。一九四二年、立教大学に留学。同年十月、同志社大学に編入。一九四三年に治安維持法違反で逮捕され、一九四五年、収監先の福岡刑務所にて二十七歳の若さで獄死。日本の植民地政策による弾圧の中、民族への思いと平和への願いを込めた詩の数々を、当時禁じられていたハングルで書き続けた。

（3）金宗三（一九二一―一九八四）　詩人。一九七一年に、詩「民間人」で現代詩学賞を受賞。詩集に『詩人学校』『太鼓を叩く少年』『だれかがわたしに聞いた』などがある。作家キム・ヨンスも影響を受けた詩人の一人に挙げており、「言語では表現できないものを言語で表現する方法をみせてくれる」と語っている。（NeoL, 韓国現代文学特集：キム・ヨンス　インタビュー〈表現の信条〉https://www.neol.jp/culture/80576/ より）白石や金洙暎と同様に、「詩人たちの詩人」といわれている。

（4）金洙暎　二九頁訳註（2）参照。

（5）李箱（一九一〇―一九三七）　詩人、小説家。本名は金海卿（キム・ヘギョン）。難解で過度に自己中心的な作風は「天才」と「自己欺瞞」の両極端な評価を受けている。「李箱文学賞」は、作家・李箱の文学的功績を称えて文学思想社が設立した、韓国で最も権威ある文学賞である。

（6）金素月（一九〇二―一九三四）詩人。日本の東京商科大学（現在の一橋大学）を中退。七・五調の韻律を駆使した定型が特徴的な詩の数々は、現在も韓国で広く愛され続けている。詩集に『ツツジの花』、邦訳に『金素月、詩の世界「ツツジの花」――韓国人が最も愛する詩』（視聿訳、アイエンターテインメント、二〇一九年）がある。

（7）弘大の駐車場通り　弘大通りや弘大芸術通りともいわれる通り。飲食店やショッピングできる店舗が並び、多くの若者で賑わっている場所。ストリートミュージシャンやダンサーがパフォーマンスをしていることも多い。

（8）六冊目　詩集『促進する夜』（未邦訳、文学と知性社、二〇二三年）のこと。

（9）出師の表　中国三国時代、蜀の君主であった劉備の没後、まだ幼かった後主・劉禅にあてて、諸葛亮孔明が出陣する際に奉った上奏文。忠誠と憂国の至情にあふれた名文といわれる。

（10）崔正禮（一九五五―二〇二一）　詩人。一九九〇年『現代詩学』に「稲妻」を発表してデビュー。四十代で初の詩集『わたしの耳の中の竹林』を出版し、『光の網』が最後の詩集となった。主に時間と記憶をテーマに詩を書き続け、過去・現在・未来に生じる亀裂や間隙、ずれなどを表現してきた。

じたばたのつぎのステップ

夢に死神とおもわれる人物がわたしを訪ねてきたことが二度ほどある。二回ともひどく具合の悪いときだった。夢の中では、なぜわたしを訪ねてきたのか、ヤツに会う前から分かっていた。ヤツに見つからないように、隠れたり逃げまわったりした。できるかぎりのことはすべてやってみたけれど、ついにこの状況でわたしができることはただ一つだということを悟った。諦めること。打つ手を探ってじたばたせず、手を放すこと。夢から覚めて考えてみると、あまりに早く諦めたんじゃないかと思うタイミングで、わたしは逃げまどっていた足を止めた。そして、じっと立っていた。ヤツと正面から向かいあった。

二回のうち、あとに見た夢では、わたしが本当にうまく逃げてヤツがわたしをついに見つけだせなくなったら、その空間にいる別の人を連れていくという死神の原則が閃光のようにわたしを貫いて、逃げたら駄目だと判断した。夢の中のわたしは、死神に追いつめられたときに別の人を差し出して生き残ることを選ばなかったことが内心気に入って、ずっとその場面を何度も思い返した。

その瞬間に夢から覚めた。これ以上逃げるところがないと感じた瞬間に、夢の中にわたしの理性が染み入ってきて、悪夢から脱出するようわたしを助けたようだった。夢から覚めて、目をぱちぱちとさせた。わたしのからだは全力で逃走していたことを全身で立証していた。心臓の鼓動、脈拍、びっしょりの冷や汗……。一瞬だけど、生きていることがありがたくて嬉しくて、歓喜の涙が一筋、目尻から耳たぶに流れ落ちた。

死神ほどではないが、それと同じくらいじたばたしたあげく、忽然と奥歯に入れた力を抜いて、二つの握りこぶしを緩める瞬間がある。逃げているのか、生き延びようとあがいているのか、区分することはできないけれど、じたばたしているうちに何に対してじたばたしているのかさえ忘れ去って、妙な盲目に包まれたあげくに、ふいに盲目から解放される瞬間がある。そんなときのわたしは諦めた人ではなかった。挫折感ではなく、大胆さと豪放さがひとかたまりになってやってきた恍惚とした瞬間だった。どんな立派なことをしているときのわたしよりも、その瞬間のわたしが、わたしはもっとわたしらしいと感じる。

気迫が残っているなと思える。こんな類の感情を、わたしはひそかに自負心と呼んで生きてきた。

その諦めの心で、海に寝そべったことがあった。全身の力を抜いて、海の上にぷかぷか浮いていた。横たわってうっかり眠ってしまった。眠たいなあと思ったときに、眠りを布団みたいにかぶって横たわっていた。目を開けたとき、わたしは浜辺に打ち寄せられていて、彩り鮮やかな夕陽が辺りを染めていた。

そのときのわたしは、悔しさと惨めさにほとんど潰れそうになっていた。あのままでいたら回復できないくらいに壊れるだろうことは、火を見るよりも明らかだった。だから、何もしないでいようと旅に出た。ひと月余りをほんとうに何もしないで「ムルモン」[1]だけして、海辺の小さなアパートメントで過ごした。何もしなかったけれど、ただ一日中歩いた。サンダルを履いて、あてもなく、とにかく歩いてまわった。傘もなしに激しい夕立の中をずんずん歩くことはあっても、炎天下の暑さにも勝って、そうやって歩いたのははじめてだった。からだを冷ますために海の奥深くまで泳いでいって、それさえ力尽きたとき、海の上に寝そべって空を仰ぎ見た。

詩を書く瞬間もおよそ似たような面がある。一文、一文、書いていくときに、わたしの前に立ちはだかる何かをくぐり抜けて歩いてゆく感じがする。天与の才能がない詩人だから、その苦労もつらいと感じたことはない。それくらいして、ちょうどいいと机にかじりついている。

椅子から立ちあがってうろうろしているときに、わたしの足跡が痕跡として残るのなら、わたしの部屋の床は、団体観光客がどっと訪れたどこかの遺跡の地面と同じようになっているだろう。どのように書いても、詩を終わらせないといけない瞬間に、わたしは逃げることをやめて、死神に正面から向かいあう、あの心情になる。すべて諦める心情。もう物語の幕が下りて、夢から覚めるときが来たような心情。耐えられないほど暑くて、あまりに疲れ果てて海の上でも寝そべってしまう心情。わたしが書いた詩が気に入ったからでなく、その諦めの心情に恍惚となって詩を書いた日は、わたしにとっては歓びだ。

ぽちぽちとでも、そんな歓びがわたしにくりかえし訪れなかったなら、わたしは詩を書かない人になっていったことだろう。諦める心と書いているけれど、より正確に表現するならば、飄々とした心だ。もうなすべきことは何もない、ということを確認する瞬間を、〝諦め〟という後ろ向きな言葉でいうには、その瞬間に宿った感情はなにものとも比べようのないほど淡白なのだ。

風ひとつで砂漠の稜線が変わるように、うろうろする無数のわたしの足跡たちは、濃い溜息で消えていく。疲労がネズミのようにわたしをかじるにまかせていた時間をあとにして、死体のように蒼白い顔でベッドにわたしを横たえる。枕に頭を当てると、夢の中でわたしは詩のつづきを書く。夢の中の映像はすべてコンピューターのモニター画面で、カーソルが点滅する。夢の中でわたしのカーソルは後退しない。わたしの文章は修正されない。また書いてさらに書くのみだ。だけど考える。まさかこれは夢なのか。まさかと思ったけれど、これは夢なんだ。夢なのにわたしはなぜ詩を書いているのだろうか。馬鹿みたいに。わたしはそこまでは馬鹿じゃないから、夢から覚める。起きあがって冷水をがぶがぶ飲んで、また別の夢をみるためにまた眠りにつく。

(1) ムルモン 물멍。水または魚を見てぼーっとすること。コロナ禍の中で新しく生まれた言葉。韓国におけるおうち時間の過ごし方として大人気となった。焚き火などを見てぼーっとすることは「プルモン 불멍」という。

音なき岩

一緒にちょっと歩いてみない？　久しぶりに会う約束をしていたときに彼女を誘った。彼女もご飯を食べたりお茶を飲んだりするより、一緒にさわやかな空気の中をゆっくり歩くほうを喜んだ。彼女は湖畔を歩いてみたいと言った。陽光を受けて宝石のようにきらめく水面をずっと見ていたいと。わたしは黄金色に色づく秋の森を歩きたいと思っていたと話した。彼女とわたしは二人の欲求を一つ残らず満たせる場所を、それぞれ探してみることにした。ついに探し出したその場所を、彼女とわたしは午後のあいだずっと並んで歩きまわった。首の長いアオサギと小さなシラサギが距離を置いて見つめ合い、首をつんつん突き出しながらパタパタと水辺を歩く姿を見ながら、わたしたちもしっかり均《なら》された土の道を歩いた。

夢を見ても歌わず
二つに割れても
音なき岩になるだろう。

彼女が不意に柳致環《ユチファン》(1)の詩「岩」を独り言のように諳んじた。わたしは唐突に登場した「岩」の奥深さに目を丸くして彼女を見つめ、彼女の次の言葉を待った。「あのときは分からなかったけど、今はどんな心情なのか分かるような気がして」。自分が急に柳致環の詩句をぽろりと口にした理由を、わたしに一言ずつゆっくり話してくれたその瞬間、わたしはもうすでに彼女の気持ちがすべて分かったような気がした。

目の前に横たわる大きな岩に絶えず鳥が舞い降り、絶えず波がぶつかるところを、わたしたちは一緒に見ていたのだ。夢を見て歌うことを長いあいだ続けてきた仲間として、お互いの消尽とお互いの欠落を黙々と見守りつつ過ごした時間。すべてを話さなくともおのずと伝わるものが、わたしたちにはしっかりと積み重なっていた。彼女からわたしに、時にはわたしから彼女に、風向きに応じるように互いの疲れが伝わった。「音なき岩」という言葉が彼女の口からこぼれでてからというもの、わたしたちはずっと岩について語りあった。ベンチに並んで座って、目の前の大きくて形のよい岩を見ながら。

アオサギが水の上を横切って飛び立つとき、水面にその姿が映って二羽いるかのように見えていたのが、着地する瞬間に二羽の足がぴたりと重なりあった刹那。彼女は喜びに満ちた表情で「見た?」とわたしを見つめた。「鳥になって生きていく気持ちって、いったいどんなものかな?」 彼女の問いに、わたしは背中に鳥の羽を、顔に鳥のくちばしを想像してみた。まさに雁の群れが列をなして澄み渡った空を横切っていくその瞬間に。たしかに美しかったが、疲れないだろうとは想像できそうになかった。翼を広げて悠々と飛んではいるが、この季節に必ずしなければならないことを全力でしている姿だった。この季節に絶対にしなければならないことに没頭しているのは、わたしたちを囲んでいる森も同じだった。時折水面上に飛び出て、のんびりと波紋をつくる魚たちも、見えないところでは慌ただしく動いているのだろう。

日が暮れて空気が冷たくなってきたころ、わたしたちは少し歩幅を広げて歩きはじめた。木々に黄金色のシルエットをまとわせていた陽の光がすこしずつ朱に染まりはじめた。湖畔をぐるりと一周して、出発地点に戻った。駐車場に停めていた車の中に入り、タンブラーに入れてきた温かいお茶を分けあって飲みながら、日がさらに暮れて闇が濃くなるまで並んで座っていた。

　わたしたちは並んで歩いただけだったが、並んで歩いたからこそできる話をした。コーヒーを前にカフェで座っているときの会話とはちがった。土の道にはそれぞれのスニーカーの跡が並んでついているだろうし、すぐに消えていくだろう。わたしたちのスニーカーに土をつけてきたように、わたしたちの目にも何か別のものが刻まれただろう。長い道のりを車で走っているあいだ、わたしたちはメアリー・オリバー[2]について話した。今日わたしたちが一緒に目撃したものは、メアリー・オリバーにとってはいつもどおりの平凡な一日のできごとだっただろうという事実について、安直なうらやましさではなく、そうでなければならなかったことを理解する気持ちで。「今度はいつ会えるのかな」と言いながら、彼女は車から降りた。真冬になったらそのときに、また今日みたいに歩こうというわたしの返事に、彼女は手のひらを力強く振ってみせると、ひらりと身を翻した。

（1）柳致環（一九〇八―一九六七）詩人、教育者。代表作「旗」から、「旗の詩人」とも呼ばれる。一九三一年『文芸月刊』に「静寂」を発表しデビュー。不屈の生命を謳った男性的な語調の詩が多い。

（2）メアリー・オリバー（一九三五―二〇一九）詩人。ピューリッツアー賞と全米図書賞受賞。人間の世界ではなく自然からインスピレーションを得た作品づくりは、自然の中を孤独に散歩するという自身の生涯にわたる情熱に由来している。

皮膚を剥がす

わたしのからだには傷跡がいたるところに潜んでいて、それらはみなわたしがつくったものだ。ごく小さな傷をしきりにいじっていたら瘡蓋《かさぶた》が剥がれてしまって、跡が残らないはずの傷まで跡になってしまう。このような癖が一種の強迫によるものだということは昔から知っていたけれど、その強迫の病名が「皮膚むしり症」だということを、少し前に知った。

傷に対処するおざなりな態度が、結果的にいつも傷跡を残してしまうため、傷をどう扱うべきなのかという情報を人よりも多く知っている。傷ができたとき、まずどう対処すればいいのか。どんな成分の軟膏を塗ればいいのか。どの湿潤絆創膏を使用すればいいのか。傷跡がひどいときには病院でどのような処置を受ければいいのか、などの経験が豊富だ。

白いタイツに幼稚園の制服をきちんと着て門を出て、数歩も歩かないうちに転んだことがある。タイツの膝のところに穴があいて、擦り傷になって血が滲んだ。家に戻り、母から簡単な応急処置を受け、タイツを履き替えて家を出た。転んで膝にできた傷はかなり多かった。わたしにとって、ひっきりなしに瘡蓋が居座る膝こそが愛玩の場所だった。膝を立ててしゃがむと、瘡蓋が目の前に輝く姿を現した。瘡蓋の端っこを爪の先でそうっと持ち上げはじめる。傷が深いほど瘡蓋は厚く、血がたっぷり滲み出て、また瘡蓋になる。傷が浅ければ、瘡蓋がきれいに剥がれて赤みを帯びた皮膚が現れるだけ、傷跡を残さない。その瞬間をとらえたときに、えも言われぬ快楽があるようなのだ。硬貨で宝くじのようなものを削るときと似た心情とでもいおうか。

母は、わたしの足が自分に似て大きくならないようにと、いつもワンサイズ小さい靴をわたしに履かせた。遺伝的な外反母趾があるうえに、足の指を靴の中に押しこむようにして入れなければならなかったせいか、内股だった。よく転んでいたのは、思えば当然のことだった。内股は九歳のころにスケートを習ううちに自然と治った。中学生になったころには、自分の足に合う靴を履くのだと主張できるようになったので、転び癖もだんだんとなくなっていった。スケートを習いはじめたころ、硬いスケートシューズですりむけて、踵や足の甲に傷ができた。足の甲の傷は、その位置のせいか、きれいに治るまでにかなりの時間がかかった。消毒し、軟膏を塗って、ガーゼを厚く重ねてから絆創膏を丹念に貼ってくれた父の姿を、今でもときどき思い出す。浴槽にすっかり浸かって自分の足を見つめるたびに。足の甲に残った丸い傷跡に触れては。

左手人差し指の第一関節の内側にも、幼いころの傷跡が残っている。曲がる部分なので、わたしにしか分からないほどの傷跡だ。刃物を持って遊んでいて指先をざっくりと切ってしまったのだが、母が迅速に対処してくれた。切れてぶらぶらする指先をしっかりとつかんで病院へ走っていき、接合手術を受けた。スライサーを使っていたら肉を削り落としてしまって縫合手術を受けた右手の薬指。太い棘が深く刺さって、抜いた後も棘が指の中にあるような確かな異物感を感じる右手の中指……。小さく細かい傷跡が点々と、体中のあちこちに存在している。

大きな傷にはわたしの強迫は発動しなかったものと思われ、軽い傷ばかりを選んで遊戯を楽しもうとする最小限の自己保護本能くらいは、わたしにもあったようだ。

傷を悪化させてはまた悪化させ、見過ごすことができないほどの傷跡になって病院へ行くと、皮膚科の医師はその傷跡をいとも簡単に処置する。切り取ったり、抉り取ったりして、完全に新しい傷を傷跡の上につくる。変成した皮膚組織をすべて取り除いて、真新しい傷の状態に戻すのだ。すると肉芽ができてくる。肉芽ができてくるときにいじりさえしなければ、数日のうちに跡形もなく傷跡が消えている。体がみずからを治療できるように、医師がもう一度機会を提供する役割を担い、皮膚が傷跡をゆっくりと消してゆきながら治療を担当する。偽物の皮膚の役割をして細胞を騙す、湿潤絆創膏の助けを受けながらではあるけれども。

ある夏の夜、友人たちと海辺の民宿で輪になって座り、自分たちのからだに刻まれた傷跡の話で盛り上がった。誰かが、誰かに、心配そうな目で傷跡のいきさつを尋ねた。太ももに刻まれたかなり大きな傷跡だったけれど、本人は別にたいしたことでもなかったように話を聞かせてくれた。たいしたことでもなかったのに、たいしたことではないからと放置していたら大きな傷跡として残ってしまったという。友人の傷跡について聞いていると、友人のことをまた少し知るという喜びがあった。わたしもあちこちに保管している傷跡を見せながら話に花を咲かせた。

傷跡に関連して聞かせてくれたみんなの話には、無謀だったり、愚かだったり、間抜けだったり、滑稽だったりした自分自身がいた。賢さや、かっこよさや、健やかさとはかけ離れていた。だからこそ、おもしろかった。傷跡の話を聞いたり話したりしながらケラケラ笑った時間は、わたしたちを深い絆で結びつけた。

傷跡についてわたしたちがすぐに関心を持ち、気軽に話を持ち出せたのは、これが皮膚に刻まれたものに過ぎないからだろう。目に見えるという点と即座に説明可能な理由が存在するからだろう。心に刻まれた傷跡は……。

初めての詩集が出たころ、わたしは傷と傷跡を区分するだけでも、ずいぶんと生きやすさを感じていた。傷には痛みが伴うけれど、傷跡には痛みは伴わないということを胸に刻んで、どうにかやりすごそうと頑張っていた。そして、傷跡を傷跡と呼ばずに痕跡と呼ぼうと努力していた。「傷跡」は傷が癒えた跡を意味するものだが、「傷」よりも「癒えた」に重きを置くなら、それを痕跡と呼んでもよいだろうと思った。そう思ったからといって、そのようにできたということではない。ただ努力をしただけで、なんともなくなったわけではなかったけれど、どうにかこうにかその時期に書いた詩があとに残った。皮膚をむしることが、わたしに傷跡にまつわる該博な知識をもたらしたことと、該博な知識はあるけれど、そのことでわたしが傷跡のない体にはなれなかったこととは、一見ちがうようでいて、同じ話だ。

奥歯を噛みしめる

くねくねと曲がりくねった道を辿って、ようやく辿り着いた飲み会の場では、すでに深刻な論争が繰り広げられたあとだった。座はピリピリして、みな黙って酒ばかりを飲んでいる。事情の分からぬわたしが口を開いて誰かに話しかけたとき、向こうのほうに座っていたある女性詩人が沈黙を破った。「歯をぎりぎりと食いしばりながら誰かのことを耐えようとすることも、人間に対する最大の愛情表現じゃないかしら」そんな心だけが唯一真実に感じられると、わたしに話しかけてきた。彼女の発言ゆえに、ある人が彼女に食ってかかってきたという。歯をぎりぎりと食いしばりながら誰かのことを耐えようとすること自体が、人に対する礼儀ではなく冒涜だと、ムキになり吐き捨てるように言ったらしい。そして、その人は飲み会の席を蹴って帰ってしまったのだと。遅れて合流したために事態が飲み込めずに戸惑っていたわたしを連れて、彼女は外に出た。自分にはそうとしか考えられなかったという、ある映画を見せてくれた。ドキュメンタリーだった。

日当たりのいい部屋に、ある一家が上気した顔でところせましと座っていた。男が真ん中でうろうろしている。その両親と思われる老人たち、顔が似ていて兄弟であろうと推測される人たちが、落ち着かない様子で何かを待っている。互いにお祝いの言葉をかけあったり、楽しそうに笑ったりしている。部屋には喜びと待ち遠しさが溢れんばかりだ。看護師が生まれたばかりの赤ん坊を抱いてやってくると、みな一斉に赤ん坊の周りに集まった。男が赤ん坊を受け取って抱いた。しかし、赤ん坊の顔はひどく崩れていて、目も鼻も見分けがつかない。赤ん坊がうつむくと、後頭部にも顔があった。男は赤ん坊をしっかりと抱きしめたまま、精一杯落ちつき払っている。人々は近寄って、用意しておいたお祝いの言葉をかけた。男も笑ってみせた。カメラは男の頬をクローズアップした。頬がぴくぴく動いていた。男が奥歯をぎゅっと噛みしめているのが、頬から伝わってきた。次いでカメラは男の目をクローズアップした。恐怖に満ちた瞳だった。男と赤ん坊のツーショットのシーンでは、男が歯を食いしばる音が次第に大きく鳴り響いた。そしてエンドロールが流れ、映画は終わった。

わずか数分の短編映画だったが、息が詰まりそうだった。あまりの驚きに口から悲鳴が洩れないよう、映画を見終えるまでぎゅっと口を閉じていた。映画の中の男のように歯をぎりぎりと食いしばっていた。映画を見せてくれた彼女に抱きついて、わんわん泣いた。「わたしもいつのまにか歯を食いしばっていました。自分の奥歯の音は恥ずかしかったけど、仕方ありませんでした。あの男もきっとそうだったにちがいありません」まるで怒っている人のように、わたしは大声で話していた。奥歯をぎりぎりと噛みしめることが、どうして愛情ではないと言い切れるのか。その場で、まちがっていたのは飲み会のあの人のほうだったことが分かって、ほっと胸をなでおろした。

そのとき目が覚めた。夢うつつの中、エンドロールで見た監督の名前を必死に覚えておこうとした。夢の中で見た映画を、そしてあの赤ん坊の顔を、あの男の表情を、奥歯に対するあの女性詩人の見解を覚えておこうと必死になった。わたしの夢の中で飲み会の場にいた彼女、映画を見せてくれた彼女は、詩人の崔《チェ》勝子《スンジャ》(1)さんだった。色黒で小柄で目が大きかった。飲み会に出るのが久しぶりすぎて、物柔らかに対話する術がよく分からない顔をしていた。都市に迷いこんだ森の中のノロジカのような表情をしていた。

（1）崔勝子（一九五二―）詩人。一九七九年、季刊『文学と知性』に「この時代の愛」他四編を発表してデビュー。現代の詩人では数少ない大衆的な人気を得て、朴労解（パク・ノヘ）や黄芝雨（ファン・ジウ）らとともに八〇年代のスター詩人といわれている。二〇一〇年『さびしくて遠く遠く』（未邦訳、文学と知性社、二〇一〇年）は、第十八回大山文学賞を受賞。

わたしが詩人なら

近い未来に、わたしが詩人として生きるのだと決めたなら、おそらく、そのときのわたしは、どんな詩集にもわたしが読みたい言葉を見つけられなかったのだ。わたしが読みたい言葉がなんなのか、わたしがはっきり分かっているはずはないのだけれど、読みたい言葉を見つけられなかったことは、はっきり分かっている。その言葉をわたしはきっと書くようになる。書いたあとに、自分が待ち望んでいた言葉だということを知ることはない。わたしが書くようになる言葉よりも、わたし自身が少し先のどこかに進んでいるから。待ち望んだ言葉は、いつだって一歩遅れてわたしから現れるもので、それを具現するわたしは、いつだってちがうものを待つ者であって、つまりは時差と落差を経験する者になるのだ。わたしは時差と落差を発見する者であり、それを何度も経験する者なのだ。

わたしはその経験を苦しみに分類する手抜きをしないよう、きっとまたちがう詩を書くことになるだろう。書いてはまた書く。うんざりしながら書くこともあるし、そんな経験すら得られない易きに流れることもあるし、書きかけてやめてしまうこともある。書いたものを消してしまうことが、いちばん多いはず。時折、同じ経験をくりかえしているという思いがよぎるときもあれば、初めての経験をすることもあるだろう。わたしが書いた詩だけが活字化され、詩を書きながらわたしがどんな経験をしたのかは活字化されない。書いた詩より、詩を書きながら経験したことがもっと大事で、秘密にしたいと思う。詩について語る場が（今この瞬間のように）開かれるたび、少しは秘密を洩らしながら、少しは秘密を包みながら、少しは秘密を守りながら……ついには、経験したことから受けとってきた甘い秘密をいちばん知らない者になるかもしれない。わたしだけが知っていた秘密が、わたしだけが知らない秘密になるかもしれない。

遠くない未来に、わたしがもし、詩人として生きてはいかないと決めたのなら、きっとあまりに沢山の秘密を守ったのか、あまりに沢山の秘密を洩らしたのにちがいない。すでに書いた詩は、自身が読みたい言葉ではないのだ。これからわたしが書かないといけない言葉は、わたしが書いてはいけない言葉しか残っていないのだ。書いてもいい言葉はもうすべて書いていて、書いてはならない言葉だけが残っているときには、書いてはいけないとは思わない。書いてはいけない言葉を、ひとりで読むために書く。誰かが読んではいけないと思うからではなく、誰かが読むと思えば書けないことを書くのだ。そのときにも時差と落差は同じだろうけれど、それとちがう経験がさびしさに分類される弱さはあっても、苦しみに分類されることはないはず。秘密すらない。書こうとしてやめてしまうことはあっても、書いたものを消すことはないはず。わたしだけが知っていた秘密が他にあるはずがない。わたしだけ知らない秘密、それもまたわたしからは生まれるはずはない。書いてはならない言葉で溢れた詩を書いて、また書くうちに、誰かに読まれるような愚を犯しさえしなければ、つつがなくわたしは詩人として生きることはなくなる。

わたしは詩人が嫌いだ。詩人が書いた詩も嫌いだ。ずっと前からそうだったし、これからはもっと嫌いになりそうだ。だけど、少し離れたところで、むこうを向いて、自身が待ち侘びていた言葉を詩に書き留めている人がいるという事実は、そんな人がこの地球上に思ったよりも多いという事実は、嫌いにはなれない。自身が書いた詩をいちばん最初に読んで感じることになる、その人の時差と落差を想像するのだ。その人に近づいていって、まるでずっと待ちつづけていた人に会ったような眼と表情をするのだ。その人の経験が推測できることであろうと、推測さえできないことであろうと、その人の経験を秘密として守るために、わたしは眼差しと表情をそっとしまって静かに通りすぎるのだ。ずっとずっとそのことを忘れない。たった一度の出逢いだけれど、生涯のうちでいちばん思い出される出逢いになるかもしれないから。とはいえ、はっきりさせておきたいことは、わたしは詩人が嫌いだということ。詩人が書いた詩も嫌いだということ。この告白は矛盾ではない。

楯突く時間

バリ島のウブドでの宿を見つけるためにいくつかのサイトを覗いてみた。最上級の部屋は「rice-field view」をアピールしていた。言語設定を韓国語にすると、「논《ノン》뷰《ビュー》」(田んぼビュー)」という表記になる。窓の外にどれだけ眺めのよい田んぼの風景が広がっているかによって価格が上がる。すなわち、ウブドは農村で、田んぼが観光商品である観光地なのだ。

慶州《キョンジュ》に暮らしていた幼年期、わたしの部屋にはとても小さな窓が一つ、その窓からは果てしなく広がる田んぼが見えていた。そして、田んぼの真ん中には屠殺場があった。低いブリキ屋根の屠殺場のそばには、かなりの高さのポプラの木が二本立っていた。屠殺場の向こう側を京釜線の線路が一直線に走っていた。あの部屋では、屠殺場から聞こえてくる豚や牛の最後の悲鳴を数えきれないほど聞き、汽車が通りすぎる轟音も数限りなく聞いた。

あの部屋で宿題や勉強などをした記憶はない。未来を考えたこともなく、友だちと仲良く遊んだこともなかった。ぼんやりと聞こえてくる音を聞き、見えてくるものを見ていただけだった。

家の門を出て、上履き袋をぶらぶらさせながら、田んぼのあぜ道を歩いた。屠殺場を通りすぎ、あの線路を通り越し、それから線路の向こうの製材所をすぎると、学校に着くのだった。登校のときはいつでも、遅刻しないように通学路をほぼ走っていたようなものだが、下校のときには、製材所—鉄道線路—屠殺場—田んぼの動線上を寄り道まわり道ばかりしていた。ことさらにもっと覗きこんで、もっと遠まわりして歩いていた。

ウブドのわたしの部屋は二階にあった。部屋には最小限のキッチンがついていたが、広々としたテラスがキッチン兼リビングにもなる構造だった。階下には大家のフランス人夫婦が住んでいた。二階の部屋を彼らは貸しに出していた。テラスで、わたしはご飯を作って食べ、ソファに寝そべって本を読み、文章も書いた。寝るために寝室に行くときを除いては、一日中、家にいながら外にいるようなものだった。

正午ごろから灼けつくような日差しがテラスを占領すれば、日なたに枕と布団とタオルを干し、歯ブラシとまな板も出しておいた。本も服も布団もあらゆる物が一晩の間にじっとり湿っていたが、日差しの下で二、三時間もすればすぐにからからになった。ソファに横になり、本を手にしているわたしの体を、さらさらで柔らかな風が絶え間なく舐めるように吹き抜けてゆく。風が肌に触れる感触は、思わず笑みがこぼれるほどに官能的だった。手にしていた本を置き、書いていたノートを閉じて、昼寝をした。きらびやかなゴールドからピンクに、そしてまたきらきら散乱する赤へと変じて沈みゆく夕陽をずっとずっと眺めていた。目の前に広がる田んぼには、スズメやガチョウの群れが舞い降りては飛び立ち、農夫たちは牛を先に立たせて畑を耕したり、腰を曲げて鍬入れをしたり。物珍しいものでもなければ、不思議でもない、ただそれだけの風景だったのに、そこを離れて外に出て、おいしい店めぐりをするとか、有名だという寺院を訪れるとかもせず、ほとんどの時間を部屋で過ごした。日が暮れて暗くなると、必ず蚊取り線香を焚いた。蚊取り線香のそばに恋人のようにぴったりくっついて過ごした。それでも命がけで吸血を渇望しながら飛びつく蚊がいて、机の上にはタイガーバームも準備しておいた。大きな蛾と羽虫なら大丈夫。壁のどこかに止まっていると思ったら、すぐトカゲが現れて狩りをしてゆくのだった。小さなトカゲは小さな羽虫を食って、大きなトカゲは大きな蛾を食った。あるときには足の親指サイズの虫がのろりのろり歩きまわっていて、じっと見てみればゴキブリだった。あまりにも大きすぎるし、鈍いし、明るいタイル床を余裕綽々と横断するものだから、ゴキブリだとは思いもよらなかったが。窒息死ではなく、溺死するまでスプレーの殺虫剤をかけつづけた。またあるときには、二十センチほどの長さを誇る赤いムカデが、全身をゆらゆらさせながらテラスを横切って寝室のドアの隙間から入り、ベッドの方に向かっていた。またもやスプレーを手に取り、乱射した。殺虫液にとっぷり浸かって溺死するまでかけてやった。夜ごと、読書を中断しては、そのような死闘を繰り広げた。汝、死してこそ、我、生きん。と、あらゆる命あるものを死ぬまで苦しめた。ふうっと息を吐きながら、ソファに倒れこむように座って、精魂尽き果て、ぼんやりと周りを見まわすうちに眠りに落ちた。

広々として素敵なテラスがついた部屋での生活は、そんなものだった。ウブドだけでなく、セビリアでも、プロヴァンスでも、同じだった。肌が痛くなるほど乾ききった強烈な日差しを浴びて、悲しみさえも砂漠のように乾いた。あまりにも平和すぎて、わたしの好きな張りつめて震えるような文章は空回るばかりだった。本を読みながら、何度も我を忘れ、外を眺めていた。そして、ため息を吐いた。ああ、わたしが詩を書きさえしなければ、ここはどんなにも良いところなのだろう！

詩とはいったいなんだったのかを、あらためて考えざるをえなかった。わたしは、自分が知るすべてのことについて、勇ましく楯突くために、青春を捧げるかのように、詩を書いてきたのだ。わたしを包みこむわたしの人生に、どうにかして楯突くために、リュックを背負って旅を続けてきたのだ。その終着点のような外国の地で、いつも考えていた。詩とはなんなのか。

わたしは詩にも楯突きたい。わたしが書いた詩を含むあらゆる詩に、そしてみなが信じる詩に。楯突くのが詩であるというのなら、その言葉にも楯突きたい。詩に関するある種の知ったかぶりや信念にも楯突きたい。

人生をかたちづくるのは、公式の出来事の隙間で起きる予期できない事件の数々だし、人生に価値を与えるのは計算を越えたものごとではないのか。[*1]

このような文章を読むと、胸が高鳴る。わたしの言いたいことが簡潔に表現されているからだ。レベッカ・ソルニットは、わたしが説明したかったことをいつも的確に語ってくれる数少ない作家のうちの一人だ。予期できない事件と計算を越えたものごとに向きあう準備が、いつでもできていることを願いつつ生きている、という自分自身についての自覚も、彼女のおかげでよりはっきりとした。

歩くことが好きなわたしにとって、レベッカ・ソルニットはそれがどのような点で良いのかを説明してくれることにおいて際限がない。執拗でありつつも非常に幅広く、人類のあまたの歴史を用いて証明するのだ。「公的マスク」(1)という言葉を初めて口にしたあの年の春、どこへ行くにもこの本を布カバンに入れて歩いていた。歩いては少し休もうと思うたびに、取り出して読んだ。マスクを手に入れることができずに、ソウルへの出張を心配していた海辺に暮らす友人が、わたしが送ったマスクを着けて無事に出張を済ませ、「救世主」という賛辞とともにこの本を贈ってくれたのだった。

たとえマスクを着けていたとしても、人と肩が触れてしまいそうな距離は許容しがたく、登山でベンチに座ってチョコバーを食べたり、タンブラーを開けてコーヒーを一口飲むことでさえ気を遣ったため、ベンチに座って休みたいときはレベッカ・ソルニットの本を数ページ読むことを選んだ。考えていたことを考えるだけ考えては行きつ戻りつする日々が続いて、食傷気味な文章しか書いていないと感じるたびに、わたしはぶらりと旅に出た。フリーランスの詩人なので、日程さえ調整すれば、半月でもひと月でも、見知らぬ国、見知

＊1　レベッカ・ソルニット『ウォークス――歩くことの精神史』東辻賢治郎訳、左右社、二〇一七年

らぬ都市で過ごせる。旅先では、ノートパソコンを前に熱烈に仕事をした。熱烈に歩きに歩いた次の日に、突然に、憑かれたように、そんな状態がやってくるのだ。脚全体のだるさとともに。

歩くことのほかに走ることを趣味に加えたのは、あの年の夏のことだった。新型コロナウイルスのPCR検査を受けに、臨時のドライブスルー検査場を訪れたおりに、初めて市立競技場に足を踏み入れた。ペットの犬たちが楽しそうに駆けまわって遊ぶ広々とした芝生の広場と、トレーニングウェアをおしゃれに着た人たちが走っているトラックを発見した。よく通る道なので大きな競技場があることは知っていたが、住民たちの娯楽の場でもあるとは思いもしなかった。

自分の歩き方について、膝、脊椎、骨盤について、起立筋について、脚の形について、運動靴の構造や紐の結び方について。走りはじめてから興味が湧いて、だんだんと知るようになった。これまで無意識のうちに使い方をまちがえてきたことによって、わたしの体のあちこちが少しずつ故障しているということも、初めて知った。「無意識」という「なんの考えや意図もない」行為の中に潜んでいる、無視する態度。無視を可能にさせる無知。このような無知が無力感につながること。それは当然にして壊れる準備をすることになってしまうこと。その一つ一つを、全身で確かめるようにして知っていった。

ようやく分かってきたこれらのことは、今の今までいったいどこに隠れていたのだろうか。どうして、今このときになってその姿をあらわにして、知るべきものとなったのだろうか。ただ、立派なトラックを見つけただけなのに。そこで走る人々が楽しそうで、わたしも走りはじめただけなのに。そのような些細なきっかけで、その夏、自分の肉体を丹精込めて手入れしはじめた。長いことなおざりにしてきたものを、それ以上なおざりにできなくなった。歩くことが魂を揺り起こすことだとしたら、走ることは肉体を揺り起こすことだった。使い方を誤ってきた魂が、歩くことでいくらか回復する機会を得ていたとすれば、使い方を誤ってきた肉体は、走ることで回復への機会を得たのだ。体をある程度目覚めさせることができたと感じたら、レジャーシートを持って芝生の真ん中へと歩いていく。鬱蒼と葉を茂らせた一本の木が生えていて、きれいな木陰をつくっている。数十分おきにレジャーシートの位置を動かしては木陰を追いかけ、時計ではなく影の動きで時の流れを計った。

その年の秋には、自然公園を見つけた。赤く色づいたプラタナスの落ち葉が幾重にも降り積もった道を、目的もなく歩いていたときのことだ。収穫が終わった田畑に霧の立ちこめる早朝だった。数百羽ものおびただしい数の渡り鳥の群れが田畑を埋めつくし、低空飛行をしていた。黄海にそそぐ川があり、鴨や丹頂鶴がいて、葦の茂みもあるわたしの町。しばらく目を見張りながら歩きまわった。美しい景色ではあったが、それ以上に信じられなかったのだ。わたしがこんなにも美しい町に暮らしていることがではなく、この美しい場所をなぜこれまで一度も訪れずにいられたのかということが。わたし自身、どれほど愚かしく過ごしてきたのだろう。小さな部屋に縮こまって生きてきたことが、どうしても信じられなかった。みんなそこに集まっているのに、わたしだけがそこにいなかったという、不気味な夜の悪夢から目覚めたように。わたしが暮らしている場所で、わたしがわたしを孤立させていた時間を終えたようだった。

最初に新型コロナウイルスがわたしたちに恐怖を抱かせた始まりの地点を思い返してみると、わたしは失ったものと同じくらい得たものも多い。時間を。少しばかりきれいになった空気を満喫する一日を。暮らしている町で知らなかった場所を。そこで目撃した、なんでもないといえばなんでもないけれど、けっしてなんでもなくはない、いくつもの驚異を。驚異を見つける術を知るための謙虚さを得た、といってもいいかもしれない。健康も得た。体のあるところへと、完全に心が戻ってくるまで歩いて、走った。体と心のあるところが純粋に一致した瞬間の、ごくささやかではあるけれど無上の歓びをとりもどすに至った。

とんでもない大人数でビアホールでわいわい一緒に遊びたい、とふざけて話してみたり、素敵な夕日が見える場所にみんなでずらりと並んで座って、太陽が沈む風景を見知らぬ都市で眺めたい、と非現実的なことを願うように話したりもするけれど、待っていようとも待たずとも、そんな日がいつかは来るはずと漠然とながら思っている。ほんの少しだけでも多くの歓びをもたらしてくれる天気は、永遠に失われたのではなく、通りすぎてしまった場所にUターンするようにして、また戻れることも知った。立ち返る方法を一つ一つみずから実践していくなかで、元どおりにできるものと、できないものを、多少は区分できるようになった。すでに壊れてしまったものは元どおりにできないという、長年の誤解はもう消えた。元どおりにできるものとして精一杯作り上げなければならないのではあるが、元に戻りたいものたちは元どおりになっていくということを、きちんと休んでみてようやく分かったのだ。

（1）公的マスク　新型コロナウイルス流行時のマスク不足に対応して韓国政府は公的販売所での販売を決定、購入可能な曜日を出生年によって指定するマスク五部制を実施した。

二〇三〇年一月一日　火曜日　晴れ

冬眠する熊のように、ずっと死んだように眠ってから起きたい。わたしの未来にあるはずの睡眠を前借りしてきて、ある日あるとき、一度にまとめて昼夜を問わずただただ眠りたい。あまりにも深くあまりにも甘美な眠りから覚めたとき、よろめきながらベッドから体を引き離し居間へ向かうとき、そのときが、とある遠い日の早朝だといい。

二〇三〇年一月一日あたりがちょうどいいかもしれない。二〇三〇年一月一日火曜日。まずは水を飲みたいはずだ。蛇口をひねればそのまま飲める、今と変わらないくらい澄んだ水が出てきたらうれしい。でもそうじゃないかもしれない。赤い水が出てくるかもしれないし、水がまったく出てこないかもしれない。この世から、水が完全になくなる可能性もあるだろうか。そこまでになったら、どんな生命も生き残ってはいられなくなるだろうか。

それまでにありとあらゆる技術が開発され、水なしでもわたしたちが生きていける代案が準備されているのだろうか。いずれにせよ水を無事に飲めるのなら。それから？

それから窓を開けたくなるだろう。窓を開けても大丈夫か、携帯電話のアプリでＰＭ２・５の数値を確認する用心深さは失っていない。ところが、わたしの携帯電話は時代遅れになりすぎてしまって、ただの平たい長方形の意味のないものになっている。せめて、バッテリーがある程度無事で充電ができたなら、真っ先に何をするだろうか。充電をしている間に、注意深く窓を開けてみる。堂々と立ち並ぶメタセコイアの樹々がぐんと成長した場面を窓から目撃できたなら、どんなにうれしいだろう。まさか、二〇二〇年に発表された三期新都市開発計画[1]が取り消されているはずはなかろう。樹々は伐り倒され、その後ろに延々と広がっていた田畑も、もうない。きらびやかな大型マンションが立ち並んでいる。呼吸ができるだけの空気が、開け放った窓の外から入ってくるのなら、それ以上望むものはない。マンションに遮られてしまっても、冬の澄みきった空が隙間から見えるのなら、恨みはしないだろう。そうして次に、空腹をなんとかしたくなる。何を食べようか。デリバリーをするにはアプリのアップデートをしなければならないので、しばらく待つことになるだろう。わたしは外に出ることにして、まず歯を磨き、顔を洗う。消費期限がとんでもなく過ぎている歯磨き粉や石鹸をちらりと見て、水だけで簡単にすませる。

よく行っていた家の前の粉食屋[2]は、そのままだろうか。マンションが建って、流動人口が増えて潰れずにもちこたえているかもしれないし、家賃がとんでもなく値上がりしてこれ以上維持できないと店を畳んでいるかもしれない。それでもそこへ足を運んでみたい。粉食屋のとなりにある大型スーパーで、すぐに食べられるものを買ってくることにするかもしれない。粉食屋と大型スーパーがその場所にもうないかもしれないと考えて、自転車で出かけるのがよさそうだと判断するだろう。まず自転車のタイヤに空気を入れ、ペダルを回してみて、玄関のドアを開けて外へ出る。通りがけに毎日挨拶を交わしている、お向かいの陶磁器店のおばあさんが変わらずその店を続けていたなら、その瞬間こそ、わたしが八年以上世間に背を向けて生きてきたことを、すっかり忘れるときだ。相変わらずだな。よかったな。そんなふうに感じて、よりうきうきと挨拶するだろう。

粉食屋に到着したとき、いつも注文していたあのメニューがそのままだったらどんなにいいだろう。本当に本当にうれしいはずだ。そして、それを注文し、わたしの前に料理が出てきて、その味がわたしの体が覚えているあの味だったなら、もっとうれしい。ゆっくりと、よく噛みしめて食べるだろう。真心を込めて「ごちそうさまでした」と挨拶するだろう。店を出てぽつんと佇んでから、わたしは大型スーパーへ行く。買い物をする前に、大型スーパーの売り場を念入りに見まわす。菓子売り場や飲料売り場は、初めて見る商品であふれているだろうか。食材売り場では、ネギ一束と白い豆腐、エゴマ一袋などを真っ先に手に取る。それらは二〇三〇年どころか、三〇〇〇年になっても、近所の小さなスーパーにそのままあるだろう。ネギや豆やエゴマが、もう簡単には収穫できない食材になってしまっていたら？　きっと、そんなはずはない。

もしも二〇二〇年代後半ごろ、エネルギー資源の枯渇問題を積極的に遅延させるために、人類が総力をあげることを決定していたら？　冷蔵庫が小型化され、エアコンがガソリン自動車とともに禁止されていたら？　世帯ごとの電気使用がごく少量に制限されていたら？　プラスチックの使用や肉食が禁止されていたら？　メールは一度読んだら消えて、すべてのSNSが翌日の午前0時を境に消えてしまうシステムになっていたら？　部屋の明かりをつけるか、パソコンの電源を入れて仕事をするかを選択しなければならないくらい、電気の使用に慎重を期さなければならなかったら？

あらゆるメモを手帳に書くことになるだろう。あらゆる連絡をはがきや手紙ですることになるだろう。このような文章も鉛筆でノートに書き、消しゴムで消して修正する。考えていることがすらすらと出てくるときは、字を速く書くせいで、読み返したときに読めないかもしれない。ゆっくり考えて、あまり直さないで済むように、慎重に一文一文を書くようになるだろう。一編の文章を完成させたとき、机の上には消しかすが山盛り。書き終わった文章を清書するために、タイプライターに紙をはさむだろう。手書きの手紙をポストに入れるだろう。返事を受け取るには、四、五日くらい待たなければならない。

そして鍵を鍵穴に入れて、玄関を開けるだろう。髪を洗ったり浴槽に浸かるのは、日曜日だけすることになるかもしれない。寒さをしのぐために肌着を着て、靴下を二重に履いて、厚手のパジャマの上に厚手のカーディガンを重ね着して、室内で生活するだろう。日が暮れれば、特別なことがなければ寝るだろうし、日が昇るころに起きるだろう。

パソコンを使用するには、公共の図書館へ行って列に並ぶことになるかもしれないが、それが煩わしくて、どうしても必要な情報を調べる以外は、あえてパソコンを使用しなくなるだろう。図書館に毎日のように出入りして、新しく入った本を念入りに見て、一週間に二度くらいは近くの本屋へ行き、慎重に本を見物して一冊を購入するだろう。携帯電話もパソコンのように使用を控えているうちに、だんだんと持たなくなるのが普通になるかもしれない。有線の電話がふたたび一般的になるかもしれない。電話をかけて「〇〇さんと代わってください」と、相手の同僚や家族に丁寧に言って、少し待つのだ。洗濯機よりは手洗いするほうを選択するだろうし、電子レンジやオーブンのような小型家電なしで暮らすことに慣れていくだろう。

友人が遊びに来れば、部屋に敷いてあった布団を一緒に掛けて座り、語りあう。夏なら扇子を持ち歩き、日暮れどきに背中に水をかけて火照りをしずめることで、体を洗ったことにする。服を新しく買うのに罪悪感はつきものだが、たまたま本当に特別な行事があって服屋で新しい服を選ぶことになれば、わたしが差し出したクレジットカードを受け取った店主が、カーボン紙をその上にのせ、ボールペンのようなものでこする動作を、辛抱強く待たねばならないかもしれないのだろう。

（1）三期新都市開発計画　二〇一八年、文在寅前大統領政権下で「首都圏住宅供給拡大方案」等の一環として施行された都市計画。長く続く不動産バブルで、ソウルとソウル近郊一部での不動産価格が高騰したため、住宅価格と住宅供給を安定させる目的だったが、計画は最後まで遂行されないまま政権交代した。

（2）粉食屋　主にトッポッキやのり巻き（キンパ）、ラーメンなどを売る飲食店。

明日は何をしようか

夢の中ではいつも歩く。走るときもあるが、生きるか死ぬかのときだけ走る。死にたくないから走る。それほど緊迫した状況でなければ、ほぼ歩く。散歩ではなく、どこかへ行く途中なのだが、うまいことといかずに時間がかかる。彷徨うという言葉が、しっくりくるようだ。嘆き悲しみながら彷徨う。長く彷徨いすぎると、何をそんなに必死に探しているのか途中で忘れてしまう。探している何かが、都合よく途中ですり変わっている。わたしはそれを疑問に思っていない。果てしなく歩きに歩いているのに、疲れを知らない。足も痛くなければ、つらくもない。夢では肉体の疲労感がまったくない。たいていは、失くした何か小さなもの一つを、誰かと会う約束の場所を、探して彷徨い歩いている。夢から覚めたときには、何を探して彷徨い歩いたのかということには関心がない。両の足でどんどん歩いて、探しまわったということについては、いつもおぼろに霞んでしまう。あんなふうに何かを探しまわったのは、いつがいちばん最後だったのかな、ということばかりを考えて。

夢の中では携帯を使ったことがない。手に持っているものが懐中電灯や鞄や傘や財布、あるいは石ころやメモのようなものであったことはあっても、カメラを手にしたことがあっても、携帯を手にしたことはない。携帯でどこかに電話をかけたことも、受けたこともない。もちろん、SNSアプリを開いて誰かの投稿に「いいね！」みたいなことをしたことなどない。わたしが夢の中で誰かのSNSの投稿に「いいね！」ボタンを押し、親指でフィードをどんどん上げながら、どこかに座っているような場面などまったく想像できない。

夢の中では何かが気になると、道行く人に聞きまくって、そこに行く。ついには、自分の目で気になっていたことを見る。この目で目撃するまで彷徨いつづける。直接見たところで夢から覚めたこともあるが、見る前に夢からすーっと目覚めてしまう。夢の中では誰かの家を訪れ、その人に会う。その人が家にいないときもあれば、引っ越していてがっかりすることもあるけれど、その人をまた探し歩く。電話で誰かの声を聞いたり、約束をしたり、SNSメッセージのやりとりをすることもしない。気になることがあれば、まず、検索ボックスにキーワードを入力するのは、現実の中でわたしが日々浪費のようにやってることだが、夢の中では一度もしたことがない。直接探しに行く。それがどんなに遠くても、いくら経費がかかっても、わたしに時間があろうがなかろうが、まったく関係ない。

夢の中のわたしは化粧をしない。化粧水もつけない。洗顔と歯磨きをして、お風呂に入り、髪をとかすが、何もつけない。コートを着て、鞄を背負って、靴を履いて出かける。ただそれだけ。夢の中に出てくる家はあるけれど、わたしがいま住んでいるこの家だったことはない。昔住んでいた家だったり、まったくちがう場所を家と思ったりして、快適に過ごしている。夢から覚めると、その場所が気になって仕方ない。行ったことのある場所のようで、しばし思いをめぐらせてみるが、分かるはずもない。行ったことのない場所が夢に出てきて、わたしの家になってくれたことについて、いつか分かったらうれしい。

まれに夢の中でも眠る。ベッドで枕に頭をのせて眠ることはなく、たいていは路上で疲れて眠りに落ちる。夢も見る。夢から覚めて、夢の中だと気づいたこともある。もう一度夢から覚めないと、現実に戻れないことも分かっている。三回ほど飛行機を乗り継いで移動しなければならない旅先のように、夢の中の夢から目覚めた夢の中で、現実になかなか戻れなかったということが何度かある。夢では運転もするし、事故を避けようと必死でハンドルを切ったり、ブレーキをかけたりする。ほとんどの場合、現実の世界に戻ってくることで事故は回避される。夢の中では、すでに大きな事故を起こしているか、わたしが死んでいるはずだ。夢の中で二足歩行の獣になって走ったことがある。二足獣として走った実感を肉体に残したまま、夢から覚めた。力強い蹴りと爪の間に挟まった土の感触、喉が渇いて舌を出して水たまりの水をすすった。その水の味も口の中に残っている状態で目が覚めた。夢の中で両手を広げて空を飛んだこともある。崖に斜めに伸びる松の木の、枝の上に積もった残雪に指先で触れたときの、あの冷たく爽やかな感覚。両足を揃えて地面に着地したときの軽やかな感覚。この現実には経験したことのない感覚を、夢の外に持って出て、その生々しさに戸惑ったこともある。鈍器で殴られて頭が潰れた感覚までをも、夢の外に連れてきた記憶がある。このような類のダイナミックな夢は、ある程度年齢を重ねてからは、あまり見ない。いつからか、わたしは夢の中ではもう傷つかないし、追われないし、高いところから落ちることもない。飛びもせず、叫びもしない。歩きに歩くことは、昔も今も熱心なのは変わらない。昔も今も、いくら歩いても疲れを知らない。

夢の中のわたしは、相変わらずマスクをしていない。わたしの夢に登場する人たちも、マスクをしていない。笑顔の口元と歯を見ることができる。飛沫を恐れたことはない。手を取りあってハグをして挨拶をする。数日前、夢で初めて会った人に握手を求めたら、その手のひらが木のように硬いのが印象的だった。夢から覚めて、あの硬い手のひらに触れた記憶を想い起こすうちに、長らく忘れていた久しぶりの顔ぶれが目の前に広がり、ひとり喜んだ。

昨日は友人と三人で人類の未来について語りあった。自分が見たSF映画や小説を引き合いに出したりしながら盛り上がっているうちに、わたしたちは気づいた。未来と言いながら、終末を語りあっていることを。未来に対する言及が夢ではなく、なぜ終末なのか。わくわくしながら交わした会話がやや悲観的で深刻になりはじめたので、わたしたちは話題を変えた。家に帰り、わたしは人類の未来ではなく、自分の未来を描いてみた。やはり希望の持ちようがなかった。恐怖というには、とても現実的で具体的な未来が描き出され、わたしは恐怖を覚悟に変えて奥歯を噛みしめた。そして、昨夜読んだ詩を思い出し、奥歯をゆるめた。

わたしが眠りにつくとやってくる友がいる。わたしは尋ねる。「あなたはどこにいるの？　なぜ消えてしまったの？」　友は微笑むだけで答えない。言葉を越えた微笑、わたしの胸は温かくなる。しかし、眠りから覚めたわたしは、友が三十年前に死んでいることに気づく。毎回そうだ。毎回わたしは友の死を新たに知ることになる。

　眠りの中に死者はいない。そこに損失はない。目覚めているときに失くしたものを、眠りの中で探す。それが、わたしが眠りを楽しむ理由だ。しぶしぶ寝床に入る者たちもいるが、わたしは家に帰るように、野に出るように眠りにつく。


　流れる川のように、力いっぱい走る友がいる。わたしは土手に立ち、友はその下を流れる。わたしは友を止めることも、その中に飛び込んで泳ぐこともできない。

「どこに行くの？」わたしは友に言う。「こっちにおいで。わたしと一緒に目覚めよう。こっちにおいでってば！」

　わたしの意識の閾《しきい》のすぐそばまで流れて来いと、進路を変えよと。でも、絶対にそうならない。

　わたしの眠りの中を流れる大きな谷川がある。昼の短い手は、その水を掬い取ってわたしに与えることはできない。[*1]

わたしの夢の中にも、よく来る友がいる。友はいつも正面から顔を見せない。斜め後ろから横顔が、ちらりと見えるだけ。友に何度か、こちらを向いてわたしを見て、と言ったことがあるが、いつからか、その言葉を言わなくなった。ただ、「来たんだね」と。友の口角が上がると、わたしも一緒に笑う。昨夜読んだ詩の詩人は夢の中に現れた友に「こっちへおいで」と声をかけるが、いつだってわたしは友に、こっちにおいでと言うことができない。一緒にいたいという気持ちは同じなのだろうが、ただわたしのほうが友についていきたいという気持ちが、少しだけ強い。その思いを表に出したことはない。わたしの心を読んだのか、ふっ、と友は姿を消す。わたしは「行っちゃったね」と言う。そして友が消えたほうへ歩いていく。友の後ろ姿は曲がり角で突然消え、わたしは長くも長い彷徨を始める。あてどもなく彷徨う。友と再会したいのか、友について行きたいのか分からない。もしかしたら、ついていって友の住むところを垣間見たいと欲望しているのかもしれない。

わたしは散文を書くたびに、わたしが出会って触れあった〝その時その場〟から出発す

＊1 ザカリア・モハメド「わたしが眠りにつくと」、『わたしたちは夜明けまで言葉がうろつく音をきくだろう』、オ・スヨン訳、カン、二〇二〇年。訳註（1）参照。

ることを楽しんでいる。直接会った人、直接経験した出来事が自分の文章の出発点となるように心がけている。新型コロナのパンデミック以降、直接出会う人や直接経験する出来事がめっきり減った。散文を書こうとするたび、自分が経験したことを思い起こす。近所の閑静な場所を散歩したこと、終日、合間合間に携帯を手にして「いいね！」を押したこと、検索したこと、必要な資料をインターネットで申請して、図書館からコピーを郵送で受け取ったこと、知人たちとメッセージのやりとりをしたこと、電話で話したこと……。経験が制限されている日常にもかかわらず、夢の中だけでは、実に幅広く人に会い、どこへでも行く。今となっては夢の中にしか自由に心のままにいられる世界はない。枕に頭をのせて横たわる。今日はどんな夢を見るのだろう。胸が弾む。それがわたしを何よりときめかせる、せめてものことなのだ。

（1）ザカリア・モハメド（一九五〇—二〇二三）パレスチナの詩人、作家、編集者。イラクバグダッド大学アラブ文学科を卒業。イラク、ヨルダン、レバノン、シリア、キプロス、チュニジアなどで暮らしていた。

木の箸と木彫りの人形

〝もののけ姫〟の森を自分の両足できっと歩くのだと、トレッキング装備をしっかりとトランクに入れた。防水の手袋と帽子をわざわざ購入して入れたし、トランクの大半の部分を割いてまでして、履き慣れたトレッキングシューズも詰めたのだった。

あれから長い時間が流れた今、トレッキングをしながら自分の両眼でしかと見て、さかんにカメラも向けた〝もののけ姫〟の森を思い出すことは、そうない。素晴らしかったのに、神々しい木々が生い茂る森と苔に心から感服していたのに、しきりに思い出される場面はそこではない。あのとき泊まった宿が思い出されると、きっと、屋久島にまた行きたくなり、何かを恋しく思う。

それほどは高くもなく、なにか魅力的な要素に惹かれたわけでもなく、少しばかり渋々と選んだ宿だった。お爺さんが宿の入口のところで工房を、お爺さんの息子がゲストハウスを経営していた。最終日の朝、船に乗りに港へと行く前の時間。とくに予定もなかったわたしたちは、工房に足を運んだ。箸を作るワークショップがあるという案内を受け、友人たちとわたしはお爺さんの前に並んで座ることになった。彫刻刀、薄くスライスされて積みあげられた沢山の木々、その木の香りが鼻先まで漂った。わたしたちは朝陽が差しこむ窓際に座り、下手ながらも熱心に木を削り、箸を作った。数百年の樹齢の木々から落ちてきたのであろう小枝が、わたしの指先で一対の箸に生まれ変わっていた。お爺さんはそんなふうにして、打ち捨てられていた木々を拾ってきて、かわいらしい小物や雄壮なものなどを作って展示しているのだった。和紙できれいに包装された木の箸をトランクに入れながら、今回の旅は箸で決まりだな、と思った。

旅先でわたしはできるだけ木彫りの品を記念に買ってくる。木でなくてもいいけれど、なるべく木で作られたものを探す。誰かが生まれて根を下ろして生きてきたその地に、一本の木が長い長い年月育ってそびえ立っていて、その気候と時の流れが木片ひとつの中に込められていると想像するのが好きだから。そのような木片を誰かが両手に持って、のめりこむようにして夢中になって手作りした〝かけがえのなさ〟を記念品として選びたい。ポカラではこまを、フブスグルではミニチュアのゲルとラクダを、マグロード・ガンジーでは祈りの輪を、アテネではメドゥーサを、フィレンツェではピノキオを、チェンマイでは象を、トロイでは木馬を、クスコでは先住民家族を、サントリーニではロバを……。これらのものが長い棚の上に一列に並ぶ居間の壁を眺めながら、ソファに横たわっている朝の時間がわたしは好きだ。朝陽を浴びると、より凛として見える。整然と並んでいる姿は、学生時代のグラウンドでの朝礼のようでもある。

ときには、ゲルをじっと見つめる。あのとき、露店の陳列台にはゲルが四つほどあった。革で作られた小さなドアをめくってみると、その中には爪ほどの大きさでベッドもあり、爪よりも小さい暖炉もあった。四つのゲルは、それぞれ家財道具がちがっていた。わたしはどれにしようか楽しく悩みながら、よりかわいらしいのを選んだ。わたしが長い間眺めて感嘆して選び終えるまで、このミニチュアを作った露天商はにこにこ笑って待ってくれた。ゲルでの生活は思っていたよりも便利で、居心地が良くて幸せだった。人を適度に勤勉にするシステムを持っていた。天窓から眺めた夜空も素敵だった。ゲルを支えている木の支柱に描かれた模様も美しかった。できれば、ゲルを一棟買って持ち帰りたいほどだった。うちに庭があったら、たぶんそうしていただろう。そういうわけでミニチュアを買い、その隣にラクダを一頭、立てておいた。長い首をゆらゆらとさせて、わたしのほうに顔を突きだしたユーモラスなラクダとの遭遇を記憶するために。思い出とはいっても、木自体に宿っているわたしの知らぬ思い出と彫刻家の労働とが、ともにつまっているこのモノたちに、わたしはわたしの家で最も広い壁一面を明け渡した。テレビやテレビボードが占めるべき空間を、この木彫りの人形たちが占めることによって、わたしはテレビを観る時間にこれらを眺めながら座っている。

最近は地図アプリを使って、町内で行ったことのない公園を訪ねまわっている。公園を歩きながら、色褪せた芝生と枯れた木々を見る。昨日行った公園では「こんなに良いところをどうして今まで知らなかったのだろう」と思った。なぜか気分がひときわ良くなったのであるが、少ししてからその理由に思い当たった。古い公園なので木々がすべて背が高く、たくましいのだ。樹齢二百五十年の山茱萸の木が数本、三百年のケヤキとイチョウの木も一本ずつあった。保護樹に指定され、かろうじて持ちこたえるようにして立っていたが、時間の分厚い澱《おり》をさらしながらも、優雅で神々しかった。その前にしばらく立って見上げていると、浅かったわたしの心がより一層深まった。

家に帰って、引き出しの中に大事にしまっておいたあの箸、自分で削って作った木の箸を取り出して眺めた。この木も樹齢数百年になると聞いている。透き通ったそばつゆを作って、そうめんを茹でて、今日の夕飯にしようと決めた。この箸でそうめんを食べるのだ。

平和であれ

以前は楽しんで聴いていた音楽を聴かなくなった。そこに込められた感情が、度を超えてわたしを揺さぶるような思いがしたからだ。わたしが流していた音楽を聴いた年のかなり離れた先輩が「あぁ、うるさくて落ち着かない」と首を横に振っていた姿が、時に記憶の水面上に浮かんでくる。その当時、血気盛んだったわたしは「うるさい」という言葉を、ただドラムの音がドンドンと鳴り響き、ビートが強く、わたしが合わせておいたボリュームが大きいという意味で理解していた。高揚した感情が目一杯詰まった、その情緒自体が重苦しいという意味だとは、まったく分かっていなかった。あのころは、その音楽なしで生きていくことは想像すらできなくて、小遣いを貯めてアルバムを買い集めた。激情を帯びた音楽を大きな音で聴いていると、実在するわたしの激情が希釈されるようで、だから音楽には鎮痛効果があるのだと信じていた。いま、あのころのアルバムたちはきれいに箱に収められて、倉庫のどこかにきちんとしまわれている。

近況をメールでやりとりすることが、最近はいままで以上に増えて、いつも最後の一言に窮する。書いては消してを二、三度くりかえしても、ありきたりではない挨拶をひねり出すのに毎回失敗する。お元気で、良いことがありますように、素敵な時間をお過ごしください、などなどなど。せめてもの思いで、真心を込めて選んだ単語は「平和」だ。平和にお過ごしくださいという言葉が、どう考えてもいちばんしっくりくる挨拶に思えたのだ。受け取る人の立場からすると、ありふれた挨拶の言葉である確率が高いが、相手のためにぜひこの言葉を贈りたくなった。

二つ折りの携帯電話を初めて使っていたころ、待ち受け画面の一番下に、十文字程度で好きな言葉を入れることができた。携帯電話を開けるたびにその言葉が目に入るので、持ち主は、自分自身にかけてあげたい言葉、座右の銘、忘れてはいけないことなどを記していた。わたしはそこに金《キム》宗三《ジョンサム》(1)の詩を要約して入れていた。「この一日を生きる　平和であれ」と。

この一日を生きる
世界中が平和であれ
また一日を生きる
さらに一日を生きる　平和であれ

こんな日々が
これらの日々が
永遠に平和でありますよう[*1]

「平和であれ」は、十四歳で初めて接した詩だった。暗記しやすいこともあって、祈りのことばのように唱えていた。ある日、国語の先生が、次回の期末考査で詩を一篇、全部覚えたものを書かせるから前もって準備しておくようにと予告した。言うまでもなく、わたしはこの詩を書いて提出した。試験後、国語の先生はこの詩を前にして、本当に多くのことを考えさせられたとわたしに語った。わたしが受け取った金宗三の心を、先生も受け取ったものと勘違いしてしばし喜んでいたが、こんなにすぐに覚えられる詩を書くなんて、反則のように思えて、点数をあげてはならない、けしからんという気持ちが先立った、ということだったのだ。しかし、先生はもう一度考えてみた。家に帰ってもずっとこの詩が思い出され、眠ろうとした瞬間にもう一度諳んじてみた。すると、気持ちが落ち着き、穏やかになった。それで、翌日出勤してから、あらためてわたしに点数を与えることにしたのだと。先生は、黒板にこの詩の全文を書いて、クラス全員で声を出して読んでみようと言った。

わたしの感情の質感をゆうに超える、感情の高ぶった音楽を聴かなくなったこのごろ、音楽や詩に宿る感情について、いろいろと考える。あらゆる刃《やいば》が飛び交い、あらゆる揶揄や幻滅が詩の中に横行しても、それが素直な内面に基づくものであるならば、癒される人が必ずいるのだということを、わたしはよく知っている。

癒しとは、感情の水位や表現方法の問題ではないと思う。内面の奥深くから発せられる、語ってはならず、語れるはずもない、内密で濃密な告白が誰かの口の中でぐるぐる回るう

＊1 金宗三「平和であれ」『金宗三全集』、クォン・ミョンオク編解説、ナナム、二〇〇五年。

ちに、正直な発話の瞬間が絶妙なタイミングで訪れる、その刹那が時として詩に具現される。このような類の、心の奥深いところに潜む思いは、ほかの誰とも語らうことはできないため、わたしたちは詩を通じてその体験をし、心が安らぐ。それゆえに、騒々しくても、落ち着かなくても、それはある者にとっては癒しとなるのだ。わたしたちは平和であることを渇望するが、平和は刹那の如くわたしたちのもとを訪れ、わたしたちをしばし抱きしめ、去っていく。金宗三は「平和であれ」という詩で、平和が維持されるランニングタイム自体を表現しようとしていたのではないか。ちょうどそのくらいの時間。そのあいだくらいは平和であれと。一日に一度くらいは平和であれと。

（1）金宗三　一四〇頁訳註（3）参照。

5

二　箱の手紙

九歳のころ、屋根裏に上がって隠れているのが好きだった。低い天井と小さな窓は、幼いわたしの小さな体にはおあつらえ向きで、居心地がよく、うず高く積まれたがらくたの中身を一つ一つ、手に取って見るのが無性に好きだった。紐で縛ったまま放置されている本の山もあった。禁書を広げて読むかのように、本を引っ張り出して読んでは、また元どおりに（元どおりであったはずがないのだが）紐で縛っておいた。活版印刷の縦書きのヘルマン・ヘッセを読み、ジュール・ヴェルヌを読んだ。父の青春をその傍らで見守った本だった。ヘルマン・ヘッセやジュール・ヴェルヌよりもっとわたしを驚かせた世界は、三《サ》養《ミャン》ラーメン[1]の段ボール箱にいっぱいの母の手紙（父が書いた手紙なので「父の手紙」と書くこうしたが、母が受け取った手紙なので「母の手紙」と書く。手紙やプレゼントの類は、送った人のものなのか受け取った人のものなのか、いつも判断がつきかねる）だった。恋愛中、父が母に際限なく手紙を送り、ずっと求愛しつづけていたことを、わたしはその手紙の束をこっそり盗み読みして知った。あなたと永遠に一緒にいたい。ウサギのようにかわいい子どもたちをともに育てて、年を重ねていきたい。庭に池を造って蓮の花を植え、垣根にはバラの蔓を這わせたい。あなたと一緒に縁台に寝そべって夜空を眺めながら、過ぎし日のあんなことこんなことを語りあいたい……。

日付順にきちんと束ねられた手紙を、わたしは順番に読みはじめた。封筒を開けて手紙を取り出して読むと、きれいにたたんで、元のとおりに封筒にしまった。あるときはパズルのように手紙が折りたたまれており、またあるときには封筒の中から押し花や四葉のクローバーなどが一緒に滑りでてきた。わたしはそれらが壊れないように細心の注意を払いながら盗み読みの作業を慎重に遂行した。三、四通ほど読むと、屋根裏から下りた。あまり長くいると、なんだか見つかってしまいそうな気がして。続きが気になって来週まで待ちきれない思いでテレビアニメのエンドクレジットを見ていたわたしが、手紙の箱にすっかり心を奪われていた。回を重ねるほど、この手紙に母はどんな返事を送っていたのか、気になってしかたなくなった。別の箱も探ってみたが、手紙のようなものはそれ以上見つからなかった。

日記は書いた人だけの内密な世界であり、手紙は差出人と受取人の二人だけの内密な世界だということくらいは分かっていたので、その手紙を完読するまで誰にもそのことはもらさなかった。もはや読む手紙がなくなるまでは無事に秘密を守りおおせた。父は手紙の中で次第に気を揉みはじめた。もっと切実に求愛したかと思えば決然と距離を置き、距離を置いたかと思うと、今度は哀願した。屋根裏で会う父はそうだった。屋根裏から下りてきたわたしの前にいる父とは、ずいぶんちがう人だった。同じ屋根の下に暮らす家族だから、つねにそばにいて、目の前にいるというのに、父が遠く感じられた。やたらと父のほうばかり見るようになった。母の後ろ姿を、前にもまして盗み見るようにもなった。幼な心に、父のあれほどまでに執拗な求愛のすえに、この母がわたしの母として存在するのだなと思った。妹に秘密を打ち明けた。はじめは用心深く切り出したが、妹の大げさな反応についつい調子に乗って、すべてを事細かに話してしまった。それから、妹と二人、屋根裏への上り下りが始まった。妹が手紙を読むとき、わたしも一緒に覗きこんで、もう一度読んだ。妹にお母さんの返信がどこかにあるんじゃないかと言ったがために、すべての秘密がばれてしまった。妹は屋根裏からタタタっと下りていき、母に駆け寄った。お姉ちゃんが屋根裏で、お父さんがお母さんに送った手紙の山を見つけて、それをぜんぶ読んで、お母さんの返事も読みたいのだけど、どこに置いてあるの、と母に聞いたのだ。母は顔色ひとつ変えずに「あれはそこにあったのね」と言った。その一言だけだった。妹は、今度は父のほうに駆け寄った。父が母の返信をどこかに隠しているのではないかと聞いた。前かがみになって庭の花の水やりをしていた父は、「お母さんは返事なんか一度も書いたことがない」と言った。

その時代の女性たちの誰もがそうであったように、母も学びたくても学校に通えなかった。大学にも行って、本もたくさん読んで、達筆で、手紙や日記のようなものを難なく書く父とは状況がまったくちがっていた。母は自分の字が気に入らず、文字を書いて何かを残すことを嫌がり、日記のようなものは書かなかった。冗長な内容を一ページ、二ページ、三ページと書き連ねた手紙のようなものを、子どもたちに書くのは父の役目だった。母は食卓に食事を用意し、お膳掛けで覆って、その上に「〇〇に行ってくるね」というメモ書きを残す程度の文字で気持ちを伝えた。ずっとわたしが聞かされてきた母の立場は、返事なんかはとても書く気にならなかったというものだった。父の手紙は内容が流麗で、自分の気持ちを格好よく表現しているうえに、筆跡まで見事だったため、母は自分の本心がつまらないものに成り下がるのを怖れていた。返事がないからと父が求愛を断念することは心配だったが、しかたないと思っていた。返事を待ちつづけたすえに諦めては、ふたたび恐る恐る丁重に求愛をするということのくりかえしが数年のあいだ続いて、母はふと父の立場がかわいそうに感じられた。強い好感が深い憐憫に変わるころ、母は父の職場を訪ねて行ったという。洋装店に行って服を買い、美容院に行って髪を整えてから、母の正式なプロポーズがあり、二人は結婚することになった。

父は母がどんな心情で手紙に返信をしなかったのか、生涯理解できなかった。父は自分が設計している未来と余裕のない現在との狭間で不安を鎮めるために、自分の熱烈な気持ちを、夜を徹して事細かに書いてはまた書くしかなかった。それを受け止めてくれるただ一人の受取人が必ず必要だった。その受取人が母だったということは、その次の重要事だった。父はいずれにせよ、長い片思いを成就した人になった。母は父に数回会っただけで、すぐに結婚の準備に取りかかった。父がどんな人なのか、長い時間をかけて溜まっていった手紙をとおして、ほぼすべてを知ってしまったように感じたからだった。

わたしは父の手紙(前に、わたしが屋根裏で発見したものを「母の手紙」と書いたが、今は「父の手紙」と書くのが正しい。母が長い間大切にしまっていたものだからではなく、それを発見し、取り出して読んだわたしが第二の受取人となったからだ）のことをふと思い出すことがあった。目の前で父と母がけんかしているとき。文箱の前に背を見せて座っているとき。テレビをつけて、リモコンを手にソファに座り、テレビを見るでもなくぼんやりしているとき。木枕に頭をのせて横向きで昼寝をしているとき。並べて読むことでようやく理解できる二冊のテキストを机の上に広げるようにして、そのときどきの父の姿の上に、きれいな色の便箋の中の父の字を広げてみたりもした。幼いころ、わたしが読んだ父の手紙は、父が嫌いになりそうになる瞬間を、怖くなりそうな瞬間を、父に口答えしたくなる瞬間を、なんとかやりすごさせる重要な文書となっていった。鯉が泳ぎまわる池のある家に住んだことはないが、遊園地や故宮のようなところを歩くうちに池に出て、そこに鯉が泳いでいるのを見かければ、「こういうものなのか」と、親しみを覚えてちょこんと腰をおろしてみる。塀の外側に薔薇が咲き乱れている道を通るときも同じだ。そんな家で暮らしたことはなかったが、そんな家を夢見た父がいたということによって、幼いころの思い出がよみがえってくる。

残念なのは、母に対してはそんなふうではなかったということだ。母は、ただそのときどきの姿でのみ、わたしの目の前にいた。並べて読めるテキストのようなものは、わたしの記憶の中には不在だった。日傘を持って出かけるとき。かがんで座ってアイロンがけをするとき。植木鉢に水をやり、観葉植物の葉についたホコリを乾いた布で拭いてやるとき。子どもたちに向かって怒るとき。怒りながら泣くとき。よくも悪くもその姿でのみ、わたしに近づいてきた。わたしが生まれる前の母の物語を覗き見たこともなく、母もわたしが質問を投げかけたときだけ短く答えてくれるだけ、それがすべてだった。わたしが母を慮る気持ちは原初的なものにすぎず、情けないほどお粗末だった。どんな夢を持っていたのか。現実の生活とどれくらいかけ離れているのか。逃してしまったものや避けていったものはなんなのか。熱望していたものと抱きつづけてきたものはどのように変わってしまったのか。子どもとしてわたしは何をもっと慮るべきか。わたしは当然に慮るべきだという思いと、娘という原初的な感情がごちゃまぜになったまま母を見つめていた。

数年前、父が亡くなって一人残された母は、束の間ではあったが、一人暮らしは余裕があって平穏だと喜んだ。一人で暮らすのが夢だったのだけど、八十を過ぎてようやくその夢が叶ったと、冗談のように言っていた。そして急速に健康が悪化した。わたしは母に会うたびに質問をして、話のきっかけとした。母について知らなかったことを、たくさん知りたかった。幼少期の写真が一枚も残っていない子どものころの母について。成長期に体験したちょっとしたエピソードについて。スポーツは好きだったのか、勉強はどうだったのか。好きな人はいなかったのか。どこで暮らしていて何をしているときが楽しかったのか。わたしが生まれる前、父と出会うまではどんな人だったのか。母は同じ話ばかりをくりかえし聞かせてくれるだけだった。覚えていたことだけを覚えているだけ、新たな記憶を掘り起こす意志などはなさそうだった。わたしの質問を面倒くさがったりはしなかった。わたしが質問を投げかけると、遠くを眺めやって、物思いにふけるような表情になった。とてもたくさんの場面を見ているような目だった。ただ、口から出る言葉はシンプルで短かった。

わたしは母にノートをプレゼントするのが好きだった。旅先の美術館のようなところで製本の素敵なハードカバーのノートのようなものを記念に買って贈った。日記を書いてね。手紙を書いてちょうだいね。何度も頼んだ。母はそのノートを金銭出納帳として使った。数字が並んで、合計金額らしきものが書かれていた。日記を書いてみたらという娘のお願いが懇願に近くなるや、ある日、母はついに日記を書いた。たったの一行だった。翌日の日記は前日に書いた一文を少し変えただけ。また一行だった。見開きで並んで書かれた二つの文章を母はわたしに見せ、日記はどうしても書けないとこぼした。わたしは、その二行が詩のようでよいと、大げさに反応した。次に訪ねていったら、その二行の文章を画像に撮っておこうと考えた。しかし二ページは破られていた。内容もつまらないし恥ずかしくて破いてしまった、と言う母に、わたしはつい怒ってしまった。

母が老人ホームに入居した日、わたしは赤い布のカバーとしおりがお洒落なノートを一冊プレゼントした。忘れたくないことがあるときに使うように、と言った。近所を散歩するときも小さな手帳一つくらいはポケットに入れて持ち歩くわたしにとっては、何かをメモする紙くらいは人間として持っていて当たり前のように思うが、母にはそうではなかったらしい。母はただの一度もそのノートに手をつけなかった。本だと思って、ご丁寧にベッドサイドに立てかけていたと伝え聞いた。施設のスタッフも、それが母にとって何かいわれのある大切な本だとばかり思っていたという。母はわたしが初めて面会に行ったとき、実に満足げな表情でわたしに手紙を差し出した。手紙は二通だった。一通は入居前夜に書いたのだが、迷ったすえに渡せなかったもので、もう一通はわたしが面会に来ると聞いて書いたという。

本当に話したいことがあるときには、わたしは母によく手紙を書いた。子どものころからそうだった。あるときは、夜明けにそろそろと歩いていって両親の部屋の前に置き、またあるときは、母の化粧台の上に置いた。お小遣いだけ渡すのはさびしくて、手紙を同封したこともある。遠い地を旅しているときに、はがきを送ることもあった。当然、わたしも父といっしょで、返信などもらったことはない。返信など期待もしていなかった。

母はわたしからの手紙を、残らず箱の中に大事にしまっていた。母が亡くなってから数日後、その箱を開けてみた。わたしが忘れていたことがその中に詰まっていた。幼いころのわたしの字は、見たこともないほど下手だった。その便箋を買いに行った文具店とギフトショップの記憶がありありとよみがえった。わたしの手紙は、その内容の半分以上はお願いで埋めつくされていた。幼いころの手紙では、わたしのために何かをしてほしいというお願いであり、最近の手紙では、母の健康のためにあれやこれや必ず守るようにというお願いだった。手紙の山の中で把握するかぎり、わたしは母に生涯お願いばかりしてきた人だった。ほとんどすべてのことをしてあげると切々と告白した父の手紙と、一言一句そのすべてが何かをしてほしいという話ばかりを切々と書き連ねている娘の手紙。母が大切にしてきた二つの手紙を入れた箱は、すべてわたしにもどってきた。今度は、わたしが送った手紙の受取人にわたしがなって、手紙を読んだ。

（1）三養ラーメン　インスタントラーメンの商品名。

忘れないために、手放すために

三角みづ紀

眠ることが苦手だ。ひとりきりなら、なおさら。いまは夫とふたりで暮らしているので、なんとか眠れる。けれども数日前、美術の研修のために彼は異国に旅立った。仕方なくひとりで横になってみても、うとうとした状態のなかを漂っている。

孤独の静けさがきらいではないし、昼夜かまわず執筆できるし、彼の不在自体はそんなに大変な事件じゃない。しかし、たちまち眠りが困難になる。いなくなってようやく、だれかが隣で寝ている安心感を知る。いつだってわたしは、うっすらとした不安とともに生きている。

夫に、あなたは考えすぎると言われたことがある。たしかにそのとおりだ。

つねにたわいもない事象にとらわれている。

深夜一時に睡眠を放棄して、あたたかい珈琲を淹れる。本になる前のエッセイ集をめくる。眠る方法を失ったわたしに、やさしく語りかけてくれる気がする。まるで、子守唄みたいに。


かつて好きだったひとに、おまえは不気味だと言われたこともある。ずいぶん昔の話。表情の変化が乏しい寡黙な詩人と解釈されがちで、得体の知れない存在に見えたのだろう。そして、そう言ったひとは臆病なのだと思った。

キム・ソヨン詩人のエッセイを読んでいたら、とても雄弁に感じる。でも、それはきっと、ちがう。実際にお会いしていないから想像に過ぎないが、書く行為と喋る行為は異なるものだ。

思考があふれだしそうなときすら、わたしはあんまり声にださない。とるにたりない瞬間をめぐらせては、ひとつの物語になるまで待ちつづける。真夜中に目が覚めること。乾いた洗濯物をたたむこと。駅に向かう道に背丈ほどのコスモスが咲いていたこと。飛行機の窓より眺める朝焼けのこと。

それらは地図だ。ふとしたきっかけで点がつながって線になり、物語になる。そういった過程の外見が寡黙であって、内面は騒がしいのだ。

本書には共感する部分がたくさんある。うん、わかる、そうだよね。声にださずに、ひとりで会話を交わしていた。にぎやかだった。自分が考えている物事を鮮明に描きだしてくれているようでもあった。もちろんわたしはキム・ソヨンじゃないし、彼女にはなれない。作者と読者は別の存在だ。では作者と作品は同じ存在かといったら、別なのだ。自身が綴って発表したものは、作者の身体を離れていく。

わたしはわたしを、ほんとうにつまらない人間だと考えている。ほとんど無意識のうちに、あらゆる感覚を詩にすることを前提として生きていて、なにかに夢中になった体験があまりない。幼いころからずっと、そうだった。

詩を書く身としては、うまくできているのかもしれない。詩やエッセイを差しだす人間のかたちをした器。とはいえ変化のない日々をおくっているわけではなく、頻繁に旅にでて、記している。

「ああ、わたしが詩を書きさえしなければ、ここはどんなにも良いところなのだろう！」

同じように、内面で幾度となく嘆いた。無表情のまま。たまに笑ったり怒ったり泣いたりもするけれど、心が動いた経緯を作品にしたら、たちどころにみずからの経験ではなくなった。


小学校の昼休みに、校庭でかくれんぼをしていた。記念碑の裏にしゃがみこんで、はやく見つけてほしいと願っていた。当時の子供たちはブルマーという黒い下着みたいな体操服を着ていた。右足のつけねのところが擦れて、瘡蓋になっていた。しゃがみこんだまま、こっそり触った。とてもきれいに剥がれて、地面に落下し、乾いた皮膚を蟻たちが運んでいった。自分の肉体の一部を食べる虫がいる事実にひどく感動した。

そういった重要な思い出も、わたしは無表情で手繰りよせる。なるべく忘れないために。それでいて、手放すために。

もし詩人に役割があるとしたら、見落としてしまいそうな出来事を丁寧に拾い集めて記録し、だれかに手渡すことなのだと思う。キム・ソヨン詩人はドラマチックな記憶も淡々と述べていて、押しつけがましくない。飄々とした佇まいで、秘密を教えてくれるように。だからこそ読者の心に染み入るし、自分の話みたいに受けとれるし、繰り返し読みたくなる。

ひとはそれぞれ別のいきもので、詩人だってそれぞれ別のいきものだ。めいめいに孤独を含み持つわたしたちは、「少し異なる視点を楽しむことができて、かすかだが奇妙な残像を与える」エッセイに出会うと、抱きつづけている寂しさを大切に抱きしめたくなる。わたしたちは明確に「感覚する器官」になる。本書を読んだあなたが共感するのであれば、あなたも詩人のひとりなのだろう。

監訳者あとがき

たとえ奥歯はすりへろうとも

ささて、ようやくここまでたどりつきました。

果敢に本書の翻訳に携わった「奥歯翻訳委員会」(またの名を「スーパー8」)と私は、この一年あまりの間、月に一回東京の某所に集っては、それぞれが持ち寄った訳稿の検討会を、なんと毎回8時間！　それこそ奥歯を噛みしめながら、ときにはゲラゲラ笑いながら、ときには休憩と称しつつそれぞれの日々を語り合いながら、つらくて(翻訳が)、楽しくて(やはり翻訳が)、切なくて(キム・ソヨンの語りとそれに誘い出されるように語りだすそれぞれの語りのせいで)、忘れがたい時間を過ごしてきたのでした。そして、そこには、つねに、姿は見えずとも詩人キム・ソヨンも確かにいたのでした。

翻訳検討会といえば、こんな情景が思い出されます。キム・ソヨンは、自身と詩の出会いを語った「「途方もなさ」について」の中で、一冊目の詩集のような初々しさを失わない六冊目の詩集を出したいと言っているのですが、それを読んだ八人のうちの誰かが「うわあ、その六冊目、読んでみたい！」とポロリと言う。すると、あとの七人が口々にこだまのように、「読みたい」「読みたい」「読みたい」……と声をあげる。

実は、その六冊目の詩集が、東京での「奥歯」翻訳の最後の追い込みの真っ最中、九月に韓国で刊行されていたのです。その序「詩人の言葉」に彼女は、こんなことを書いているんですよ。

わたしたちはあまりに遠く離れて暮らしているので、会うときには宿に部屋を取った。その部屋でいっしょに料理して食べてパーティをした。

深夜十二時をそろそろ越えると、ひとりずつ立ち上がって家に帰ってゆくのだったが、誰かがチェックアウトの時間までひとり残っていた。

いちばん遠いところに暮らす人だった。

建物の外に出ると、

その部屋の窓を一度だけ、私は見あげるのだった。

（詩集『促進する夜』より）

たぶん奥歯翻訳委員会は、この「詩人の言葉」を読んだら、また口々に叫ぶことでしょう、「そのとおりよ、ソヨン！　私たちもそんな時間を過ごしていたよね、とても素敵で詩的で誠実で切実で容易には言葉にならない人生の時間のひとときをともに……」

『奥歯を噛みしめる』というのは、つまりは、そんな本なんです。詩人キム・ソヨンが母を語り父を語り友を語り心の傷を語り詩を語りわが目に映る世界を語りそのすべてを自分の言葉で語る一冊の本が、その声に触れたすべての者との語らいの場を開くんです。語らう私たちの声を、それがどんなに遠く離れて生きる者の声であろうとも、じっと耳を澄ませている詩人がいるんです。

その耳に向かって語るかのように、私も思わず想い起こしたものです。今まさに子どもにかえりつつあるわが母のこと、私の知るだけでも生涯で七回、事業に失敗しては職を変えたわが父のこと、小学校高学年の頃にわが家に緑色の世界文学全集がやってきて、一冊一冊手当たり次第に読んでいったわが文学事始めの日々のこと、自分が果てしなく遠くをめざして旅に出る理由、書くことの悲しみと歓びについて……。

でもね、この本は、一筋縄ではいかない声で満ちているのも事実。われら一人一人が一筋縄ではいかない生を生きているのと同じように。その〝一筋縄でいかなさ〟を言葉にしようとすると、どうしても誰かに与えられた言葉では収まりがつかないから、ぎこちなくても、惑いを抱えていても、それはこの世にはない言葉かもしれなくても、納得のゆくまで言葉を探すことになる。

その感じを説明するには、キム・ソヨンの五冊目の詩集の序「詩人の言葉」を引くのもいいかもしれません。

ひとりが不眠の夜に
生きて辿りつくことのできる最果ての彼方へと
疲れも知らずに歩いてゆくとき
また別のひとりが布団を抱いて横になってぐっすりと
果てしなく深く眠っていた。

この二つのことを一つの体で同時に
していた時間だった。

（詩集『iへ』より）

ここにいながら境を超えて旅に出る。そんな精神の持ち主が、自身の生きる時空を語る言葉。それこそが詩なのでしょう。詩人はエッセイを書くときにもその詩の精神を手放さない。当然です。詩とは、ただ紙に書きつけるものではなく、キム・ソヨン自身が身をもって示しているように、生きることそのものなのですから。

ところで、果敢に本書の翻訳に携わった「奥歯翻訳委員会」、と私は冒頭で言いましたね。詩精神をもって書かれた文章を、それも詩人の生きてきた道程を書いた文章を、しかも他の誰のものでもない詩人の言葉で記された文章を翻訳しようなどというのは、そう容易なことではありません。本書の翻訳は、文字どおり、〝果敢な試み〟でありました。

奥歯翻訳委員会の中には韓国語ネイティブもいます。ネイティブのパートナーを持つ者もいます。翻訳の過程で、一見簡単そうな言葉の解釈に躓いた私たちがネイティブに尋ね

てみれば、彼らはこう言ったものです。「この状況でこの言葉を使うのか⁉」想定外の言葉の選択に驚いて、この詩人は미친년《ミッチンニョン》（一応、放送禁止用語なので、小さな声で「イカレた女」）ではないかと言う者まで現れる始末。いや、でも、これは、詩人キム・ソヨンのように、どんな小さな声にも耳を澄ませて、どんな命も尊ばれて生きてゆく新たな世界へと、新たな言葉の領域へと、この世の果てすら超えて旅しようとする者にとっては、最高の賛辞でしょう。

미친년、上等！　奥歯翻訳委員会改め、スーパー미친《クレイジー》8！

というわけで、この八名の翻訳を終えた今の思いを、ここに記します。

田畑智子……これからも奥歯をガシッと噛みしめて私の言葉を追い求めてゆく。

松原佳澄……わたしは奥歯を噛みしめて、ひと言《こころ》を呟き飲みこみ書き記す日々。

バーチ美和…言葉に関わりたいと、噛みしめてきた奥歯は失われ、還暦を前に、慈雨のように、訳書を出す機会が訪れて。

李和静………奥歯を噛みしめて、今、ここ、私、を得られました――和＆静。

申樹浩………無意識に噛みしめていることも多いと知り、夜はマウスピースで大切に保護中。

永妻由香里…奥歯を噛み締めるようにして生活してきたこの数年、スーパー미친《クレイジー》8に出会い、特別なことではなく、ありふれた日常の中で頬が緩む日々が送れることに気づく。

ほとりさよ…噛み締めすぎて、もう天国なのかもしれない。奥歯をかみしめていたままでは歌えなかったうたをいま歌える。

佐藤里愛……奥歯を噛みしめて毎日を紡いでいる。噛みしめていることにも気づかずに来たけれど、わたしを支えてくれる大切な存在。奥歯、いつもありがとう。

最後に、私の〝奥歯噛みしめ〟の感慨はと言えば……、

実は、本書と同時進行で、キム・ソヨンの四冊目の詩集『数学者の朝』（クオン）を翻訳していたのです。これはまことに幸いなことでした。『奥歯』が『数学者』の詩世界を読み解く鍵となり、『数学者』が『奥歯』の行間に潜む詩精神への道標となり……。この二冊はいっしょに読まなくちゃ。と、すっかり擦り減った私の奥歯が言っている。ふふふ。

そして、最後の最後に、キム・ソヨンの第三詩集『涙という骨』の扉の言葉を、みなさんと分かち合いましょう。

どんなふうにして歌いはじめたか？　はじまりは……涙。
そう、涙とともにはじまったんだ。
——ボブ・マーリー

他者の涙を理解した者はその涙に殉教する。
——キム・ソヨン

さあ、これからがほんとのはじまり。（と、奥歯が言っている）

二〇二三年十月　風吹く良き日に

姜信子

キム・ソヨン
詩人。詩集に『数学者の朝』（クオン）、『極まる』、『光たちの疲れが夜を引き寄せる』、『涙という骨』、『i へ』ほか。エッセイ集に『詩人キム・ソヨン　一文字の辞典』（姜信子監訳、一文字辞典翻訳委員会訳、クオン、第八回日本翻訳大賞）、『心の辞典』、『愛には愛がない』ほか。露雀洪思容文学賞、現代文学賞、李陸史詩文学賞、現代詩作品賞などを受賞。

姜信子（きょう・のぶこ／カン・シンジャ）
作家。横浜生まれ。著書に『語りと祈り』、『はじまれ、ふたたび　いのちの歌をめぐる旅』、『声　千年先に届くほどに』（鉄犬ヘテロトピア文学賞）、『忘却の野に春を想う』（共著）ほか多数。編書に谺雄二『死ぬふりだけでやめとけや　谺雄二詩文集』、『金石範評論集』。訳書に李清俊『あなたたちの天国』、ホ・ヨンソン『海女たち』（共訳）ほか。

奥歯翻訳委員会
李和静、佐藤里愛、中樹浩、田畑智子、永妻由香里、バーチ美和、ほとりさよ、松原佳澄

奥歯《おくば》を噛《か》みしめる　詩《し》がうまれるとき

二〇二三年一一月二〇日　第一刷発行

著者　キム・ソヨン
監訳者　姜信子
訳者　奥歯翻訳委員会
ブックデザイン　恵比寿屋
発行所　かたばみ書房合同会社
〒一〇二-〇〇七一
東京都千代田区富士見一-一三-一一-四F
https://katabamishobo.com
印刷・製本　モリモト印刷株式会社

ISBN 978-4-910904-01-6